행복한 가드너 씨

행복한 가드너 씨

행복한 가드너 씨

행복한 가드너 씨

행복한 가드너 씨

김원정 지음

초판인쇄일 | 2026년 2월 05일
초판발행일 | 2026년 2월 10일

지은이 | 김원정
펴낸이 | 김영빈
펴낸곳 | 도서출판 시아북(詩芽Book)

출판등록 | 2018년 3월 30일
주소 | 대전광역시 동구 선화로214번길 21(3F)
전화 | (042) 254-9966, 226-9966
팩스 | (042) 221-3545
E-mail | daegyo9966@hanmail.net

값 16,000원

ISBN 979-11-91108-29-3

시아북수필선 020
행복한 가드너 씨
김원정 지음
시아북
詩芽BOOK

행복한 가드너 씨의 하루

뉴욕의 조용한 주택가. 오랜 세월 함께 지나온 아이보리 색 빈티지 벽돌집이 오늘따라 더 정겹다. 새소리에 눈을 뜨고, 갓 내린 커피 한 잔을 들고 뒷마당을 느긋하게 돌아본다. 서재 창밖에 피어난 오월의 장미는 황홀할 만큼 아름답다. 심은 지 세 번째 해를 맞은 장미 덩굴에는 천 송이가 넘는 꽃이 만개한 듯하다. 혼자 피식 웃음이 난다. 은은한 장미 향을 즐기며 흐뭇한 마음으로 작업실로 향한다. 그곳은 아침 햇살이 비스듬히 내려앉은 오래된 차고. 평온한 피난처이자, 나의 새로운 이름인 '해피 가드너'의 삶이 시작된 곳이다. 남편이 만들어 준 기다란 나무 책상에서 소품을 만들고, 글도 쓰며 여유로운 시간을 보낸다.

하지만, 이 평화로운 하루에 이르기까지의 여정은 결코 순탄하지 않았다. 수많은 시행착오와 한 치 앞도 예측할 수 없는 순간들을 수없이 겪은 후였다. 치열했던 비즈니스 현장, 불쑥 찾아온 건강 악화, 준비 없이 맞이한 은퇴까지. 현실은 종종 나를 벼랑 끝으로 내몰았고, 그 두려움은 오로지 내가 감당할 몫이었다. 누가 등을 떠밀어서 미국에 온 것도 아니기에 이 혼란스러운 시간을 흐지부지하게 마무리하고 싶진 않았다. 뭔가 새로운 길을 찾고 싶었다. 나만의 방법과 이야기로.

그 시작은 뒷마당의 작은 정원이었다. 꽃과 흙, 햇살 속에서 닫혀 있던 마음이 서서히 풀려갔다. 그리고 어느 날, 운명처럼 글을 쓰기 시작했다. 그냥 마음 가는 대로. 뉴욕이라는 거대한 도시에서 살아남기 위해 고군분투했던 시간, 좋은 결과물을 내기 위해 애썼던 순간들, 문득문득 밀려오는 깊은 그리움과 아픔까지. 내 안의 많은 감정을 덧없이 흘려보내지 않기 위해 생각나는 대로 기록했다.

그렇게 세 번의 사계절이 지났다. 뒷마당은 해를 거듭할수록 꽃과 나무로 풍성해졌고, 나는 글을 통해 내 안의 낯선 얼굴들을 마주했다. 비로소 새로운 환경에서 발버둥 쳤던 과거의 나에게도, 미래의 나에게도 응원의 말을 건넬 용기가 생겼다. 어설프게 삶의 무대 뒤에 숨어 있던 내가 주뼛거리며 세상 앞에 발을 내딛고 싶어졌다. 마치 걸음마를 처음 배우는 아기처럼.

『행복한 가드너 씨』는 '뉴욕'이라는 낯선 땅에서 삶의 씨앗을 심고, 비바람을 견디며 새로운 꽃을 피우고 있는 한 은퇴한 여성의 이야기다. 온실 속의 화초 같았던 삶에서 뿌리를 옮기고, 나만의 정원을 가꾸며 얻은 희망과 응원의 속삭임이기도 하다. 나의 삶 속에서 가장 빛나고, 힘들고, 소중했던 뉴욕에서의 25년. 그 모든 순간이 어우러져 지금은 소박하지만, 평온한 하루를 보내고 있다. 좋아하는 일을 하고, 남과 비교하지 않으며, 작은 행복에 감사하는 삶. 나는 어쩌면 내 인생에서 가장 아름다운 두 번째 계절을 지나고 있는지도 모르겠다.

이제, 그 이야기를 조심스레 꺼낸다. 평범하지만 치열했던 나의 여정이 당신의 여정을 향한 한 줄기 햇살이 된다면 더할 나위 없이 행복하겠다. 누가 아는가. 그 햇살로 어딘가에 조용히 잠들어 있던 당신의 씨앗을 찾게 될지.

임수진 작가

　해피 가드너님의 드라이플라워 작품을 한번이라도 본 사람은 쉽게 잊지 못할 것이다. 나 역시 그랬다. 평생 꽃, 정원, 원예 이런 것들과 거리가 먼 나였지만 그 순간 홀린 듯 SNS에 전시된 작품 사진들에서 눈을 떼지 못했다. 자신의 작은 정원과 작업장에서 꽃잎 하나 잎 하나를 세심하게 말리고 보관하고 조합해 이토록 아름다운 작품으로 만드는 작가의 손끝이 놀랍고도 경이로웠다. 그러나 이후 해피 가드너 님의 글을 읽고 그의 삶을 접하면서 알게 되었다. 이 아름다운 작품들의 출발은 손끝이 아니라 그의 지난 삶이고 열정이었다는 것을. 글도 그림도 작품도 진정한 아름다움은 손끝이 아니라 삶에서 나온다는 것을 다시 확인하게 되었다. 피아노를 치던 젊은 시절부터, 아이를 키우며 살아내던 시간들, 삶의 터전을 옮기며 이 악물고 다시 인생을 시작하던 시절. 그리고 은퇴를 생각할 나이에 다시 시작된 정원과의 만남. 결국 드라이플라워 작품을 만드는 과정은 해피 가드너님의 인생, 그리고 우리네 인생과 닮아 있었다. 비바람과 계절의 변화로 생명을 다한 꽃잎 들에서 다시 시작되는 생명. 작품으로의 전환. 이는 순환이고 예술이었다. 인생뿐 아니라 우리의 글도 그렇다. 시간이 지나고 사라져 없어져 버린 줄 알았던 기억에서 빛을 꺼내 다시 생명을 입히는 작업. 비가 내리고 바람이 불어쳐도 뿌린 씨앗을 보며 꿈을 꾸고, 꽃이 피고 열매가 맺기를 바라는 우리들의 삶을 그는 그렇게 글로 작품으로 피워내고 있었다.

해피 가드너님은 행복한 사람이다. 많은 것을 이루어내서 행복한 사람이 아니라, 글 속에 그 자신이 썼듯 '정원과 서재를 가진, 그래서 모든 것을 가진 사람'이다. 지난 삶을 글로 작품으로 피워내며 하루하루의 소박한 행복을 누리는 사람. 그래서 그는 진정 '행복한 가드너 씨'이다.

글 쓰는 아내에게

　나는 당신이 나에게 편지를 쓰는 솜씨를 보고 글 쓰는 것에 소질이 있다는 생각을 항상 했지. 아마도 당신은 국문학과를 다니셨던 장모님의 감수성과 김현 작은아버지의 문학적 DNA를 물려받았기 때문일 거야.

　25년을 살아서 꽤 익숙해진 이곳, 수많은 인종이 삶의 용광로처럼 어우러져 산다는 자부심이 있는 곳이지만, 여전히 영원한 이방인으로 살아야 할 것만 같은 뉴욕.

　당신의 분신인 그녀들의 삶을 정원의 꽃들로 표현해 내는 솜씨가 참 놀랍다. 한편으론 꽃을 피우기 위해 당신이 얼마나 많은 정성을 쏟았는지 알기에 마음이 쓰이기도 한다. 늘 열정이 넘치는 줄은 알았지만, 선생님의 말씀을 잘 듣는 착한 학생으로만 살아온 당신이 이런 창의적인 글을 쓸 줄이야.

　장미부터 들꽃까지 꽃을 통해 삶을 바라보고 받아들이

는 그 진심이 글을 통해 내게도 고스란히 전해졌다. 낯익기도 하고 또 낯설기도 한 공기 속에서 바쁘게 지내느라 잊고 있었던 순수했던 시절의 감성들이 마법처럼, 내게도 다가왔다.

나와 다른 당신의 생각 메커니즘은 내가 당신의 글을 감히 평한다는 생각을 포기하게 했어. 왜냐하면 나의 잔소리가 당신다운 글을 망가뜨리는 걸 목격했기 때문이지. 당신 말처럼 질리도록 논리적인 것만 찾는 나에게 당신의 간결하고 단아한 글솜씨는 글의 다른 맛을 보여주고 있어.

평소에도 글 쓰는 것은 탈존의 과정이라 생각했어. 그래서 우리를 진정 인간다움으로 이끈다는 생각이 들었지. 시가 당신에게 다가와 당신을 밀쳐 낼 때 비로소 진정한 글이 만들어진다는 이야기일 거야. 그런 점에서 글을 쓰기 시작한 당신은 아마도 인생에서 가장 큰 변화를 겪고 있는 듯하다. 어쩌면 두 아이를 데리고 이곳 뉴욕에 왔던 그 과감한 시도보다 더 큰 변화라고도 느껴져.

그래서 이 책은 그냥 보이는 것 너머에 있는 보이지 않
는 가치를 보여 주고, 보임의 규정성을 뺀 채 당신이 살아
온 방식을 보여 주고 있어. 그것이야말로 자기 자신의 색으
로 그리기 시작하는 삶, 진정 당신만의 삶일 거라 생각한다.

당신의 자식과도 같은 이 책의 출간을 축하하고, 새로운
삶의 여정을 응원한다.

당신과 함께 쓰는 서재에서, 남편 박광태.

행복한 가드너 씨

3장

글 정원에서 만난 사람들

4장

행복한 가드너 씨의 꿈 꾸는 오후

뜻밖의 씨앗 하나

씨앗에 햇살이 비추네

꽃눈을 알아볼 수 있어야

화려한 장미 뒤에 숨은 가시

위기는 기회라는 꽃을 피우며

함께 성장하고 꿈꾸는 꽃밭

아름다운 계절아, 안녕

1장
비바람 속에서도 꽃은 피고

뜻밖의 씨앗 하나

자그마한 씨앗 봉투 하나. 지인이 살며시 뒷마당에 놓고 간 백일홍 씨앗이었다. 큰 기대 없이 초봄에 파종했더니 한여름이 되자 화사하고 풍성하게 피어났다. 화무십일홍花無十日紅이라 했지만, 백일홍은 이름처럼 백 일이 넘도록 뜨거운 여름 정원을 환하게 밝혀 주었다. 백일홍의 꽃말을 찾아보니 '인연'이라고 한다. 흙 속에 묻힌 씨앗이 햇살을 만나 꽃을 피우듯, 우리 삶도 수많은 '인因'과 '연緣'이 닿아 비로소 완성되나보다.

낯선 미국 땅에서 내 삶을 바꾼 것도 바로 그런 예상치 못한 만남이었다. 한 사람과의 우연한 인연이 '여성 사업가'란 새로운 삶으로 이끌었으니까.

25년 전, 남편은 한국에서 환자를 돌보기 위해 남고, 나는 두 아이와 함께 뉴욕에 도착했다. 학교 선생님이자 고등학교 동창인 K의 집에 잠시 머물며 집을 구하고 있었다. 뉴욕이라는 거대한 도시는 내게 마치 지도가 없는 미로와 같았다. 그 넓은 곳 중 어디에 정착해야 할지 갈피를 잡을 수 없었다. 친구와 여러 지인이 조언해 주었지만, 내 상황에 맞는 지역을 찾기는 쉽지 않았다. 처음에는 부동산을 통해 집을 구했는데, 막상 가 보니 환경이 좋지 않았다. 아이들을 키우기에는 어딘가 불안했지만, 선택의 여지가 없어 일단 이사했다. 그리고 곧장 다른 곳을 찾기 시작했다.

두 아이가 학교에 가면 나는 1불 50센트짜리 버스 토큰을 사서 시내버스를 타고 동네 구석구석을 돌아다녔다. '뉴욕의 지리라도 익히자'는 단순한 생각으로 시작했지만, 내심으론 처음 발을 내디딘 도시 속에서 미래를 꿈꾸고 싶었던 것 같다. 버스 창문 너머로 보이는 낯선 풍경과 현실의 답답함 속에서도 희망의 조각들을 찾으려 애썼다. 지금 생각해도 참 잘한 시도였다.

매일 노선을 바꿔 다른 버스를 탄 지 한 달쯤 되던 날이었다. 어느 동네가 우리 가족에게 적합할지 대충 파악이 됐다. 딸아이가 토요일마다 맨해튼에 있는 예비 학교를 다녀야 해서 교통과 학군이 좋고 안전한 동네를 선택할 수 있었다. 우여곡절 끝에 이사 갈 집을 찾았지만, 바로 예상치 못한 벽에 부딪혔다. 집주인이 미국 내 신용 기록이 없다는 이유로 계약을 거절한 것이다. 몇 달 치 렌트비를 선불로 내고 한국에서의 신용 자료도 보여 줬지만 소용없었다. 그때의 막막함이란. 그제야 이곳은 한국이 아니라, 스스로 개척해야 할 낯선 미국 땅임을 실감하는 순간이었다. 몇 안 되는 지인에게 보증을 부탁할까도 했지만, 괜히 부담을 주는 것 같아 차마 말이 나오지 않았다.

그런데 바로 그때, 뜻밖의 인연이 다가왔다. E라는 한국 여성이 내 사정을 듣더니 망설임 없이 보증을 서 주겠다고 했다. 단지 집을 알아보는 과정에서 우연히 만난 사람이었을 뿐인데 말이다. 처음에는 무슨 나쁜 의도가 있나 하고 의심했다. 낯선 이가 아무 대가도 없이 베푸는 친절이 두려 웠으니까. 하지만 곧 알게 되었다. 그것은 계산 없는 순수 한 선의였음을. 그녀의 보증 덕분에 우리는 마음에 드는 집 으로 이사하고 미국 생활의 안정적인 첫발을 내디딜 수 있 었다.

돌이켜 보니 선하고 좋은 인연들이 내가 어려울 때마다 손을 내밀어 주었고, 덕분에 나는 새로운 삶으로 성장할 수 있었다. 작디작은 백일홍 씨앗 하나가 여름 화단을 화려하 고 빛나게 해주듯. 인연은 늘 내 곁에 있었지만, 그것을 받 아들일 용기는 누구도 대신할 수 없는 나의 몫이었다. 그리 고 그 인연은 또 다른 인연으로 이어졌다. 처음 자리 잡은 동네에서 누군가를 만나고, 상상하지 못한 미국에서의 삶 이 시작되었다.

씨앗에 햇살이 비추네

햇살이 잔잔히 비추던 어느 날, 가벼운 마음으로 동네를 산책하고 있었다. 낯선 동네, 낯선 거리. 그중 아주 큰 단독 주택 하나가 눈에 들어왔다. 그 집으로 초등학생 또래 아이들이 삼삼오오 들어가는 모습이 보였고, 문 앞에는 '○○ Afterschool'이라는 영어 간판이 걸려 있었다. 뉴욕에서는 허가받은 주택에서 방과 후 학교를 할 수 있다는 것을 후에야 알았다.

그런데 이상했다. 생소한 동네에서 처음 보는 간판인데도 이상하리만큼 친근하게 느껴졌다. 오래 알던 친구 집을 처음 방문한 것처럼. '뭐 하는 곳이지? 애프터스쿨이니 혹시 파트타임이라도 일할 수 있지 않을까?' 궁금했다. '문을 두드릴까, 돌아설까' 하며 잠시 머뭇거렸다. 어디서 그런 용기가 나왔을까. 결국 나는 조심스럽게 초인종을 눌렀다. 조용한 외관과 달리 문을 열자, 집 안은 아이들의 웃음소리와 활기찬 에너지로 가득했다. 처음 보는 광경인데도 전혀 낯설지가 않았다. 마치 오랫동안 있던 자리에 다시 들어선 기분이었다. 심장이 두근거리며 묘한 안정감도 들면서.

다행히 원장은 한국 분이어서 어렵지 않게 나를 소개했다. '미국에 온 지 한 달 정도 됐어요. 한국에서는 피아노를 전공했고, 전문 대학에서 학생들을 가르쳤는데요. 혹시 피아노 선생님이 필요하신가요?' 내 말이 채 끝나기도 전에, 원장이 환한 얼굴로 말했다. "마침 피아노 가르칠 분을 찾고 있었는데, 잘 오셨어요. 내일부터 바로 나오세요." 꿈같은 일이 눈앞에 벌어지자 믿어지지 않았다. 어렵사리 구했던 집 바로 옆이라 출퇴근 시간도 필요 없었다. 10살 정도 된 미국 아이에게 첫 레슨을 하는데 내가 더 들뜨고 두근거렸다. 이렇게 빠른 시간에 가르칠 기회가 오다니, 생각지도 못한 선물 같았다. "두드리는 자에게 길이 열릴 것이라."는 성경 말씀이 이토록 따뜻하게 마음에 닿을 줄이야.

그 당시 미국에서 자리를 잡은 이민 선배들은 자주 말했다. "이민 와서 첫 1년이 가장 중요해요. 그때 미래가 정해져요." 의욕이 넘치는 시기이니 그럴 만도 하다. 그 말처럼 나도 두 딸을 돌보며 공부하고 일하며 열심히 적응해 나가고 있었다. 정신없는 하루하루였지만, 조금씩 뿌리를 내리고 있다고 자부할 수 있었다.

6개월 정도 파트타임으로 일을 하던 중, 원장이 뜻밖의 제안을 했다. "학생 수가 점점 늘어나는데, 선생님처럼 경험 많은 분이 이곳에서 독립적으로 운영해 보시는 건 어떠세요?" 믿기지 않을 만큼 기뻤지만, 이내 서툰 영어와 낯선 사업 환경이라는 현실적인 두려움이 더 크게 다가왔다. '이곳에서 혼자 사업을 감당할 수 있을까? 학부모 상담과 행정 업무는 어떻게 하지?' 고민이 꼬리에 꼬리를 물었다.

그때, 마음속 깊은 곳에서 아버지 생각이 났다. "공부한 것을 평생 활용하면서 살아라."라던 말씀이었다. 결혼하면 아이를 키우느라 전공을 살리지 못하는 것을 안타까워하시며 자주 당부하셨었다. 아버지가 살아 계셨다면, 주저 없이 하라고 하셨을 것 같았다.

나는 곧바로 한국에 있는 남편에게 상황을 설명했다. 남편은 한국에서도 유능한 피아노 선생님이었으니 걱정하지 말고 해 보라고 했다. 친정 엄마 역시 "잘할 수 있을 거야."라며 응원해 주었다. 나는 겪어 보지도 않은 미래의 두려움보다 지금의 용기를 따르기로 했다. 첫 번째 문을 처음 두드렸을 때와 비슷한 떨림이 다시 찾아왔다. 하지만 이번에는 좀 더 잘할 수 있다는 확신이 있었다. 그렇게 나는 주급을 받으며 일하던 일터를 직접 경영하게 되었다. 1층과 지하는 방과 후 학교로, 2층은 가족의 생활 공간으로 사용하기로 했다. 집은 넓었고, 정원도 예뻤다. 권리금과 꽤 비싼 렌트비가 부담이었지만, 새로운 시작으로는 더할 나위 없었다.

미국 온 지 고작 6개월. 내가 원하는 동네를 찾고, 우연히 갖게 된 일자리. 그리고 뜻밖의 사업 제안까지. 그 모든 흐름이 하나의 줄기로 이어진 듯했다. 사람들이 물었다. "어떻게 이렇게 빨리 자리 잡았어요?" 그때는 그저 운이 좋았다고만 생각했다. 하지만 지금 돌아보니 알겠다. 인연 또한, 두드리는 자에게 열린다는 것을. 문을 두드리는 순간, 나는 이미 그 안으로 한 발 내딛고 있었다. 그러니 망설이는 문 앞에 서 있다면, 먼저 노크하면 된다. 그 너머에는 따뜻한 햇살이 기다리고 있을지 모르니까.

꽃눈을 알아볼 수 있어야

꽃눈이 맺히는 계절이 돌아왔다. 겨울이 지나고 초봄이 오자, 뒷마당 라일락 가지 끝에 연한 잿빛의 꽃눈이 맺혔다. 조금 지나니 겉은 연한 초록으로 변하고 부풀어 오른 봉오리 사이에는 숨어 있는 꽃망울이 보였다. 곧 부드러운 봄바람을 타고 만개한 라일락 향이 온 마당을 감싸안을 것을 생각하니 가슴이 설렌다. 꽃이 선명하게 보이지는 않았지만, 겉모습 너머의 가능성이 어렴풋이 보였달까. 나는 그것이 '안목의 힘'이라고 생각한다. 말로 다 설명할 수는 없지만, 어떤 상황에 부딪혔을 때 가슴 깊은 곳에서 '이거다.' 하고 느껴지는 울림. 그 울림은 종종 나를 꽃 피우는 길로 이끌었다.

　얼떨결에 방과후 학교를 운영 하던 집을 인수했지만, 사실 학생은 한 명도 남아 있지 않았다. 약속과 달리 이전 원장이 학생들을 다 데리고 나갔기 때문이다. 법적으로 억울함을 따지고 싶었지만, 그러느라 긴 시간을 낭비하고 싶진 않았다. 그 싸움에 쓰일 시간과 에너지를 새 출발에 보태는 게 낫다고 생각했다. 세 모녀만 덩그러니 남은 집은 이상하리만치 썰렁했고, 여름인데도 냉기가 감돌았다. 담장조차 없어 언제라도 누군가 들어올 것만 같아 겁이 났다. 나만 의지하고 있는 두 아이를 보며 평정심을 찾으려 안간힘을 쓰고 있었다. 그럼에도 '아이들이나 잘 돌볼걸' '비싼 렌트비는 어떻게 감당하지?' 등 부정적인 생각이 몰려와 잠 못 드는 밤이 많았다.

　아무도 없는 텅 빈 교실을 청소하던 어느 날이었다. 창문 사이로 한 줄기 햇살이 마룻바닥을 따스하게 비추고 있었다. 괜찮다고 나를 위로라도 하는 걸까. 차갑던 공기에 온기가 스며드는 듯했다. '시작부터 어긋났다고 해서 포기할 수는 없지.' 마음을 다잡고 '○○ Afterschool'이란 간판을 달며 스스로에게 다짐했다. '한 명부터 시작하면 되는 거야!' '좋은 환경에서 아이들을 키울 수 있는 것만으로도 감사하자!' '한국에서도 인기 많은 선생님이었잖아.' 흐트러지는 마음을 다잡고 분명 도와주는 손길이 있을 거라 믿었다. 신기하게도 그 믿음은 생각보다 빨리 현실이 되었다.

어느 날, 초인종 소리에 문을 열자 단아한 한국 여성이 초등학생 딸을 데리고 서 있었다. 방과 후 학교를 찾고 있다며 몇 마디 대화를 나누더니, 아이를 맡기겠다고 했다. '왠지 모를 신뢰감이 든다면서.' 그녀가 돌아간 뒤, 창가에 핀 소박한 패랭이꽃을 보는데 알 수 없는 눈물이 흘렀다. 이젠 살아났다는 안도감일까, 아니면 희망일까. 그렇게 첫 학생이 등록했고 곧 친구 두 명을 소개받아 시작한 수업은 서서히 자리를 잡아갔다.

하지만 학생이 조금 늘었다고 안심할 수는 없었다. 수많은 방과 후 학교가 경쟁하는 곳에서 살아남으려면 차별화할 수 있는 무기가 필요했다. 그게 무얼까. 한국에서 아이들을 가르칠 때 공부 못지않게 음악을 중요하게 여겼던 기억이 떠올랐다. 유능한 공부 선생님을 구하고, 피아노 레슨을 방과 후 학교 프로그램에 포함했다. 맞벌이 부모가 많으니 한 장소에서 공부와 음악을 함께 배울 수 있으면 좋겠다고 생각해서다. 전공을 살려 매일 수업 루틴에 피아노 수업을 더하고, 1년에 한 번은 무대를 빌려 향상 음악회를 열었다. 예상대로 학부모들의 반응은 폭발적이었다. "그 학원 원장은 안목이 대단해. 방과 후 학교에 매일 피아노 레슨을 접목하다니." 이런 입소문이 퍼지면서 세 명이던 학생은 15명으로, 1년도 채 지나지 않아 목표였던 30명을 넘어섰다. 2층의 가족 공간까지 내주어야 할 만큼 학생들로 가득 찼다.

안목은 겉으로 보이는 현실 너머의 가능성을 알아보는 힘이다. 마치 라일락 가지 끝의 작고 수수한 꽃눈이 풍성한 향기와 꽃을 품고 있듯이. 그리고 삶을 변화시키는 은밀한 마법이 되어, 다채로운 빛으로 우리 인생을 물들인다.

화려한 장미꽃 뒤에 숨은 가시

한여름 날 아침, 정원에서 물을 주고 있었다. 오월의 장미는 자취를 감추고, 잎사귀만이 가시 사이로 바람에 흔들렸다. 꽃이 활짝 피어 있었을 땐 보이지 않던 가시들이 또렷하게 드러나 보인다. 장미를 키울 땐 늘 가시를 조심해야 하듯, 교육 사업도 크게 다르지 않았다. 방심하면 찔렸고, 그 과정에서 피를 흘리기도 했다. 화려한 겉모습만 보고 달려들었다가 날카로운 진실에 찔린, 생각하기도 싫은 아픈 기억이다.

방과 후 학교가 안정기에 접어들면서, 늘어나는 학생들

로 장소가 비좁아지기 시작했다. 처음에는 초등학생을 대상으로 했으나 곧 그 학생들이 상급 학교로 진학할 때가 되었다. 좋은 흐름을 타고 있으니 확장하기 알맞은 시기라고 판단했다. 마침, 같은 동네에 자그마한 건물이 매물로 나와 무리해서 구입했다. 새로운 곳은 중고등학생을 위한 입시 전문관으로 활용하기로 하고, 특목중·고를 준비하는 입시 전문 프로그램(Test Prep)을 신설했다.

제일 먼저 할 일은 실력 있는 강사를 확보하는 것이었다. 교사 구직 사이트를 하루에도 몇 번씩 들여다보고, 광고를 보고 들어오는 이력서를 꼼꼼히 살폈다. '괜찮다' 싶은 사람에게는 바로 연락해 면접을 봤다. 나는 모든 것을 경력, 자격, 시범 수업 등 숫자와 조건으로만 평가했다. 그때 한눈에 들어온 사람이 있었다. 특목중·고를 거쳐 아이비리그 명문대를 나온 A였다. 그는 영어 전문 강사였다. 입시 경험도 많았고, 자기소개서의 문장 하나하나가 세련되고 신뢰가 갔다. 걸리는 건 근무지가 자주 바뀌고 강사료가 다른 강사의 두 배라는 점이었다. 그러나 나는 조금도 망설이지 않았다. '이 정도 스펙이라면 충분히 투자할 가치가 있다'

고 생각했다. 화려한 겉모습만 보고, 그 내면을 살필 생각은 미처 하지 못했다.

A가 합류하자, 입시 반(Test Prep)은 순식간에 활기를 띠었다. 그의 카리스마 있는 수업은 단박에 학생들의 마음을 사로잡았고, 학부모들의 칭찬이 쏟아졌다. 강사료를 많이 지불해도 전혀 아깝지 않았다. '역시 나는 보는 눈이 있어' 하면서 스스로를 칭찬했다. 나는 그저 장미의 화려한 꽃잎만을 보고 있었다.

그러던 어느 날, 오래 알고 지낸 학부모에게서 전화가 왔다. "원장님. A 선생님이 아이들과 자주 카페나 식당에서 만나요. 개별 상담이라고 하면서…. 아이들은 좋아하는데 좀 아닌 것 같아서요." 하지만 처음에는 대수롭지 않게 넘겼다. '열정적인 선생님이구나' 정도로만 생각했다. 하지만 비슷한 이야기가 여러 학부모 입에서 흘러나왔다. 며칠 후, A가 학생들에게 개인 연락처를 주고 있다는 구체적인 정보가 다시 들어왔다. '이건 뭔가 잘못됐다'는 불길한 예감이 들어 A를 불러 자초지종을 물었다. 그는 학생을 격려하려고 한 순수한 마음이었다고 했다. 하지만 이미 금이 간 믿음은 물이 스며든 얼음처럼, 시간이 갈수록 더 깊게 틈이 벌어졌다. 그리고 썸머 스쿨이 끝날 무렵에는 그 얼음은 결국 산산이 부서지고 말았다. 그는 우리가 구입한 건물 인근에 개인 학원을 차렸고, 대부분의 학생이 그곳으로 옮겨갔기 때문이었다. 그제야 나는 장미의 가시에 찔렸음을 깨달았다.

그해 여름, 나는 깊은 배신감과 자책 속에서 지냈다. '나는 왜 스펙만 보고 결정했을까' 하는 후회로 잠 못 드는 밤이 점점 늘었다. 딸들은 아직 학생이고, 남편은 한국에 있어 누구에게도 말할 수가 없었다. 결국 태어나서 처음으로 수면제를 처방받아 먹기 시작했다. 오랜 시간 공들여 쌓아 온 학부모들과의 신뢰. 사람을 너무 믿었던 나. 그 모든 것이 순식간에 무너졌다. 누구를 탓하고 원망하겠는가. 화려한 '장미'에 현혹되어 그 안에 숨은 '가시'를 못 본 나의 어리석음 탓인 것을. 그 사건 이후, 나는 강사 채용 기준을 완전히 바꿨다. 이력서가 화려해도 말투나 눈빛에서 보이는 마음의 신호를 놓치지 않으려 애썼다. 겉만 보고 판단하지 않으려 경계심을 갖고 지켜보았고, 직업을 대하는 태도를 살피는 습관도 생겼다. 장미꽃에는 가시가 늘 존재한다는 깨달음을 값비싼 대가를 치르고서야 얻었다.

위기는 기회라는 꽃을 피우며

A가 학생들을 데리고 나가면서 입시 전문 프로그램(Test Prep)은 반토막이 났다. 몸과 마음은 지칠 대로 지쳐 있었고, 승승장구하던 교육 사업은 장미의 가시에 찔린 듯 아프고 쓰라린 상처를 남겼다. 무리해서 구입한 건물을 바라볼 때마다 엄청난 대가를 치렀다는 생각에 한숨만 깊어졌다. 다시 일어설 힘조차 생기지 않아, 내 삶은 침몰 직전의 배처럼 위태롭게 흔들리고 있었다. 가장 먼저 떠오른 건 한국에 있는 남편과 친정 엄마였다. 당장이라도 달려가고 싶었지만, 그럴 수도 없었다. 남은 학생들을 지켜야 했고, 무엇보다 무너진 나 자신을 다시 세워야 했기 때문이다.

나는 스스로를 돌아봤다. 도대체 어디서부터 잘못된 것인지. '쉽게 성장해서 안이했고, 의심 없이 남을 믿었으며, 자만했다.' 돌이켜보니 모든 잘못의 원인이 내 안에 있었다. 그러나 후회한다고 지나간 시간을 되돌릴 수는 없지 않은가. 선택은 단 하나, 무너진 자리에서 다시 일어나는 것뿐이었다. 어차피 난파 직전의 배였다. 좌초하든, 다시 시작하든. 나는 금이 간 배를 고쳐 내 힘으로 항해를 이어 가기로 마음먹었다.

그 항해의 첫걸음으로 새로운 프로그램인 고전을 읽고 글로 마무리하는 'Novel & Writing Class'을 기획했다. 시험 점수가 아닌 생각하는 법을 가르치는 새로운 시도였다. 여러 안 좋은 일을 겪으며 공부 이전에 인성이 더 중요하단 생각이 들어서다. 어쩌면 이것이야말로 '진정한 교육이다'라는 확신도 생겼고, 동시에 경쟁 학원들이 쉽게 따라 할 수 없는 차별화 전략이기도 했다.

좋은 강사를 찾던 중, 친한 학부모가 적극적으로 C 선생님을 추천했다. 공립학교에서 30년 넘게 영재 수업을 이

끈 분인데, 해박한 지식과 긍정적인 에너지, 교육자의 덕목을 갖춘 인격자라고 했다. 단, 학교 외에서는 수업하지 않으니 모셔 올 방법을 잘 연구하라고 조언까지 해 주었다. 일단 부딪혀 보기로 했다. 이번에는 교육 대학원에 다니고 있는 딸에게 도움을 청했다. 딸은 우리의 교육 철학을 담은 편지를 이메일로 보냈고, 얼마 후 도서관에서 만나자는 답이 왔다.

C 선생님은 170cm가 넘는 큰 키에 호탕하면서도 영화배우처럼 멋진 50대의 금발 여성이었다. 눈빛이 따뜻하고 친근해서 처음 만났는데도 전혀 불편하지 않았다. 대화는 술술 이어졌고, 새로 개설한 프로그램을 소개하며 함께하자고 제안했다. 나는 C 선생님께 최고의 대우를 하고 뒷받침하겠다는 뜻을 전했다. 그녀는 '생각하는 힘을 기른다'는 교육 철학이 잘 맞을 것 같다면서 함께하겠다고 했다. 그렇게 시작된 C 선생님의 Novel & Writing 수업은 학생들에게는 '성찰의 힘'을, 나에게는 '회복의 힘'을 주었다. 단순히 책을 읽고 글을 쓰는 프로그램이 아니었다. 고전을 통해 다시 태어나는 시간이었다. 무너졌던 내 안의 자존감도 조

금씩 제자리를 찾아갔고, 오래 잊고 있던 '배움의 기쁨'도 내 안에서 되살아났다.

사실 처음에는 성적과 직접 연결되지 않는 수업이라 학부모들의 반응이 염려되기도 했다. 그러나 의외로 공감은 컸다. '기본을 가르치자'는 철학이 통했고, 학생과 학부모는 당장의 점수 향상보다 장기적으로 도움이 되겠다는 점에 공감했다. 책을 읽는다는 것이 얼마나 재미있고, 생각을 살찌우고, 사고를 확장하는지 알아가는 수업이었다. 학생들이 폭발적으로 몰려왔고, 첫해에만 네 개의 반이 개설되어 빠르게 마감됐다. 다음 학기 대기자까지 줄을 섰고 높은 수업료에도 열기는 식지 않았다.

이 새로운 프로그램의 성공으로 입시반의 손실은 완전히 만회되었고, 시그니처 프로그램으로 자리 잡았다. C 선생님의 합류로 교육 사업은 다시 한번 성장할 계기를 가질 수 있었다. 무엇보다 소중한 건 자신감을 가지고 다시 일어선 나 자신이었다. 나의 교육관과 비즈니스 마인드가 많은 사람들에게 좋은 평가를 받을 수 있었기 때문이다.

누군들 위기를 마주하고 싶겠는가. 하지만 그 고통은 나를 성숙하게 했고, 더 깊고 단단한 뿌리를 내리게 했다. 사업뿐이 아니라 삶에서도 조금 자신감이 생겼다. 다시 나는, 부서진 배를 고쳐 항해를 시작했다. 정말, 아프지 않고 피는 꽃은 세상에 없었다. 그리고 그 길에서 다시 한번 눈부시고 아름답게 꽃을 피웠다.

함께 성장하고, 꿈꾸는 꽃밭

정원 한 모퉁이에 이름 없는 들꽃이 피었다. 아마도 바람에 실려와 이곳에 뿌리를 내렸나 보다. 예전 같았으면 흔한 들꽃이라며 무심히 뽑아냈을 것이다. 하지만 다른 꽃들과 조화를 이루자, 정원이 더 자연스럽고 풍성해졌다. 역시 꽃밭에는 다양한 꽃들이 어우러져야 빛이 난다.

몇 차례의 위기를 겪고 나자, 급류에 휘말려 떠내려갈 듯 위태롭던 배도 서서히 안정을 찾아 갔다. 방과 후 학교는 아이들의 웃음소리로 가득했고, 중고등학생을 위한 입시반은 목표를 향한 열기로 뜨거웠다. 베테랑 C 선생님의 노블 클래스는 여전히 인기 만점이었다. 그 무렵, 전혀 예상치 못했던 기회가 찾아왔다. 컬럼비아 교육 대학원을 졸업한 딸이 본격적으로 교육 사업에 합류하겠다고 한 것이다. 맨해튼에 있는 사립 학교에서 아이들을 가르치던 중이었는데 한참 성장 중인 엄마 사업을 돕겠다고 했다. 늘 부족한 엄마를 도우며 또래보다 철이 빨리 든 아이였다. 나로서는 든든한 동반자를 얻은 셈이었다. 딸이 함께하면서 우리의 역할은 자연스럽게 구분되었다. 전체 디렉터를 맡은 딸은 학생 및 외국 학부모들과의 소통, SNS를 활용한 새로운 홍보 방식을 담당했다. 홈페이지도 직접 만들어 운영했다. 나는 그동안 쌓아 온 경험과 네트워크를 바탕으로 재정 및 대외 관계 등 전반적인 운영을 책임졌다.

마치 들꽃과 정원의 꽃들이 어우러져 멋진 작품을 보여주듯이 서로의 장점이 만나 눈부신 꽃을 피우기 시작했다. 딸은 젊은 세대의 감각으로, 나는 오랜 경험의 지혜로 각자의 장점이 시너지를 냈다. 모녀가 함께 일하니 훨씬 안정감이 있다며 많은 학부모가 좋아했다.

특히 딸이 가져온 가장 큰 변화는 교육에 대한 신선한 시각이었다. 대학원에서 집중적으로 공부한 칙센트미하이(Csikszentmihalyi)의 '몰입(FLOW) 이론'을 학생 지도에 적극적으로 활용했다. "엄마, 목표가 너무 쉬우면 아이들은 지루해하고, 너무 어려우면 시도조차 하지 않고 포기하게 돼요. 학생들의 능력보다 조금만 더 도전할 목표를 주고, 그 목표를 달성한 후에는 반드시 즉각적인 피드백을 주어야 해요. 그래야 아이들이 작은 성공을 경험하고, 그 과정 자체를 즐길 수 있게 되죠." 처음에는 반신반의했지만, 그 방법은 놀랍도록 효과적이었다. 학생들은 수업에서 작은 성공을 경험하며 자신감을 얻었고, 성취의 기쁨을 알아 갔다. 학부모들은 "아이가 공부하는 것을 즐거워한다."라면서 신기해했다. 교사들 역시 학생들의 학습 태도가 능동적으로 바뀌어 만족도가 높았다. 딸이 불어넣은 변화는 모두에게 희망을 가져다주는 따뜻한 햇살 같았다.

그렇게 나와 딸의 협업은 점점 더 단단해졌다. 서로의 부족한 부분은 메우고, 더 높은 곳을 함께 바라보면서. 비로소 미국에 와서 좌충우돌하며 겪었던 시간이 한꺼번에 보상받는 듯했다. 언제나 물어볼 수 있고, 상의할 수 있는 파트너가 가까이에 있으니 더 바랄 나위가 없었다. 혼자서 버겁게 가던 길이, 더 이상 외롭지 않은 여정이 되었다. 5년 정도의 시간이 흐르며, 나는 딸과 함께 앞으로 펼쳐질 더 큰 계획을 꿈꿨다. 여러 프로그램을 개발하고, 새로운 지점을 열어 더 많은 학생을 만나자고 했다. 모든 것이 순조로웠다. 교육 사업은 탄탄대로를 걷고 있고, 이처럼 완벽한 순간은 계속될 것이라고 믿어 의심치 않았다. 그러나 삶은 늘 그랬듯이. 다른 한쪽에서는 만개한 꽃송이들을 흔드는 예측할 수 없는 바람이 불고 있었다.

아름다운 계절아, 안녕

꽃은 때가 되면 피어나고, 질 때가 되면 미련 없이 사라진다. 자신의 소임을 다하는 것으로 만족할 줄 안다. 그리고 마지막 순간이 다가오면, 다음 계절을 위해 자리를 기꺼이 내어준다. 아무리 아름다운 꽃송이일지라도 물러나야 할 때에 욕심내지 않는다.

마지막 항암 치료가 끝난 날이었다. 두 번의 수술과 3주간의 방사선, 그리고 혹독한 화학 치료까지. 짙은 안개 속을 걷는 것처럼 앞이 보이지 않았지만, 가족들의 사랑 덕에 무사히 빠져나올 수 있었다. 마침 내 생일이기도 해서 사위와 딸이 이탈리아 레스토랑에 저녁 초대를 했다. 처음에는 치료를 마친 것에 대한 축하와 위로의 자리인 줄만 알았다. 그러나 그날은 내 인생의 새로운 장을 열게 될 서막이었다. 딸이 식사를 마친 후, 굳은 얼굴로 폭탄선언을 했다. 지금까지 단 한 번도 본 적 없는 단호함이 가득한 눈빛이었다.

"엄마! 몸이 이렇게까지 아픈데도 계속 교육 사업을 하시면, 저는 이 사업에서 손을 뗄 거예요. 엄마가 잘못되기라도 하면 이게 다 무슨 소용이 있겠어요?" 쿵! 하고 가슴이 내려앉았다. 평생 나를 지지하고 응원해 주던 딸이 거침없이 그만 멈추라고 외치고 있었다. 당황스럽고 가슴 한구석이 베이는 듯한 서운함이 밀려왔다. 애써 가꾼 화단에 만개한 꽃들을 전부 꺾으라는 것만 같았다. 어색한 침묵이 흐르는 동안 나는 딸의 접시 위에 놓인 먹다 만 파스타만 쳐다볼 뿐이었다.

무슨 대답을 해야 할지 몰라 주저하다가 겨우 입을 열었다. "이제 치료도 다 잘 끝났어. 네가 도와주다가 대를 이어 하면 좋잖아."라며 애써 침착한 목소리로 설득했다. "아니에요, 엄마. 저는 제 길을 갈 거예요. 사업보다 중요한 건 엄마의 건강이에요." 딸의 목소리에는 흔들림이 없었다. 어릴 적부터 얄미울 정도로 똑 부러지게 말하던 딸의 말이 얼음처럼 차갑게 느껴졌다. 눈물이 핑 돌 만큼. 물론 안다. 딸의 그 말에는 미국에 와서 자신들을 키우고 훌륭한 교육을 받게 한 엄마에 대한 깊은 연민이 담겨 있다는 것을. 그리고 그 끝이 고통이 되어서는 안 된다는 간절한 진심 또한.

그러나 마음 한편에서는 엄마를 이해 못 하는 딸의 말이 아쉽기만 했다. '아무것도 안 하고 놀면 난 더 아플 거야.' 절규인지 하소연인지 모를 으름장도 놓아 보았다. 투병 생활을 하면서도 포기하지 않았던 사업이었다. 소명감을 가지고 전심전력했던 시간을 그만 놓으라고 한다. 그러나 딸은 도무지 내 말을 들으려고 하지 않았다. 이후 딸과의 어색한 관계가 몇 달 동안 지속되었다. 함께 식사하는 자리도 줄고, 일터에서는 서로 눈도 마주치지 않았다. 딸의 태도는 점점 나를 옥죄었고, 사위까지 합세해 나를 설득했다. 어쩔 수 없이 스스로를 돌아보게 되었다. 내가 고집하고 있는 것은 소명이어서인가? 아니면 욕심 때문인가? 여전히 사업에 대한 욕심과 미련이 많이 남아 있었지만, 더는 버티기가 어려웠다. 남편도 그만 물러나기를 바라고. 결국 오랜 고민 끝에 모든 것을 내려놓기로 했다. 우연한 만남으로 맺어진 시작, 위기를 극복하기 위해 세웠던 많은 밤들, 그리고 딸과 함께 이룬 성공의 기쁨까지 모두.

왜 그렇게 열심히 살았냐고 물어본다면, 답이 잘 떠오르지 않을 것 같다. 그럴 이유도 별로 없었으니까. 단지 내 안의 열정이 나를 움직였고, 그 흐름에 따라 기꺼이 움직였을 뿐이다. 이제는 또 자연의 순리에 따라 그만두어야 할 시간이라고 스스로를 위로했다.

마음을 다잡고 부동산 사업을 하는 지인에게 막상 사업체를 넘기려 했다. 그러나 내키지 않았다. 나의 철학과 마음까지 돈으로 환산할 수 없어서다. 고심 끝에 10년 동안 함께한 선생님에게 인수해서 경영해 볼 생각이 있는지 넌지시 물어봤다. 그녀는 나의 이야기를 듣고 눈물을 글썽이며 "꼭 해 보고 싶어요. 원장님의 철학을 이어받아서 잘

할게요." 그렇게 정든 나의 일터는 새로운 주인을 만났고 나는 떠났다. 그리고 그녀는 약속처럼 지금까지 씩씩하게 잘 운영하고 있다.

여성 사업가로서의 20여 년! 아름다운 계절은 끝났다. 교실을 가득 채우던 열기, 매일같이 들락거리던 발걸음도. 이젠 그들을 바라보며 행복했던 기억들만 떠오른다. 후회를 용납할 수 없을 만큼 최선을 다했고, 열심히 노력한 만큼 보람 있었다. 힘든 시간도 많았지만, 그 분량만큼의 기쁨도 누렸다. 무엇보다 이 길을 걸어오며 만난 수많은 학생에게 배움의 기쁨을 선물하고, 그들의 놀라운 성장을 지켜볼 수 있었음은 내 인생의 의미 있는 축복이자, 자랑스러운 순간이었다. 그렇게 한 계절이 가고, 나는 또 다른 계절을 맞이했다. 지난 모든 것은 보물처럼 마음속에 간직한 채로. 다음 계절에는 무슨 꽃을 심어야 하는 걸까.

Bloom News

2장
고요한 뜰에 햇살이 비추네

시든 장미가 들꽃에게

은퇴하고, 완전히 회복되지 않은 몸으로 휴식기를 보내던 어느 오후였다. 하릴없이 소파에 앉아 창밖을 바라보고 있었다. 그때 옆집 담장을 타고 넘어온 붉은 덩굴장미 한 송이가 눈에 들어왔다. 얼마 전까지만 해도 화려한 빛깔을 뽐내며 탐스럽게 피어 있었는데, 꽃잎은 떨어져 이 빠진 모습을 하고 있었다. 바람결에 실려 오던 향기도 온데간데없었다. 한 시절 정원의 주인공이었던 장미는 더 이상 아무도 돌아보지 않는 존재가 되어 있었다. 시든 장미를 보는데 자꾸만 나 자신이 겹쳐 보였다. 마치 화려한 무대에서 내려와 어디로 가야 할지 몰라 방황하는 모습처럼 느껴져서다.

사실 지인들도 은퇴를 서서히 하고 있었고, 어쩌면 더 홀가분할 것 같기도 했다. 그러나 평생을 가정과 일을 병행해서인지 은퇴는 상상했던 것보다 훨씬 더 허전했다. 일을 하지 않고 산다는 것은 적어도 내 사전에는 일어나지 않을 줄 알았으니까. 늘 ○○ 엄마라는 호칭과 함께 불리던 내 이름 석 자는 나름의 자부심이기도 했다. '나는 꾸준히 성장하고 있어!'라고 위안하면서. 은퇴하고 나서도 '아직은 일할 수 있는데….' 그동안 쌓아 온 노하우로 더 잘할 수 있을 것 같아 아쉬움이 컸다. 교육 사업도 궤도에 오르고, 딸까지 합류해서 본격적으로 확장하려던 참이었는데, 왜 하필 지금 모든 것이 멈춰 버린 건지 내 처지가 야속하기만 했다.

텅 빈 하루는 '더 이상 서두를 필요가 없다'는 사실을 몇 번씩 상기시켰다. 알람 소리 없는 새벽, 약속 없는 오후. 빼곡하던 스케줄표는 아무 가구도 없는 빈방처럼 비어 있었다. 하루에도 수십 통씩 울리던 전화기는 이젠 침묵만 지키고 있다. 오후의 햇살마저 낯선 방문자처럼 느껴져 쓸쓸했다. 조금이라도 캄캄한 게 싫어 낮에도 불을 켜 두었지만, 마음속 빛은 점점 더 어두워질 뿐이었다.

왜 난 쉬는 것을 이다지도 힘들어하는 걸까. 다들 은퇴하면 편해서 좋다고 하는데. 어쩌면 '일'은 나에게 경제적인 활동을 넘어, 세상과 나를 연결하는 통로이자 '존재 이유'였는지도 모르겠다. 일터에서 바쁘게 움직일 때 살아 있다고 생각했듯이. 늘 계획대로 살아왔으나 현실은 어딘가로 정처 없이 휩쓸려 가는 파도의 농간처럼 느껴졌다.

그렇게 한두 달을 보낸 어느 날이었다. 무심코 창밖을 바라보는데, 소박한 뒷마당 정원이 눈에 들어왔다. 바쁘다고 텃밭만 조금 하다가 방치해 두었던 곳이다. 그곳에선 누가 심었는지도 모르는 들꽃들이 자연의 순리대로 피고 지고 있었다. 내가 상실감과 무기력함 속에서 힘든 시간을 보내는 동안에도 들꽃은 아무 일 없었다는 듯 고요히 자신들의 계절을 살아가고 있었다. 장미처럼 화려하지는 않았지만, 끈질긴 생명력으로 묵묵히 제자리를 지키는 모습이었다.

처음에는 그저 '예쁘네' 정도로 스쳐 지나갔다. 하지만 들꽃은 며칠 후에도 꿋꿋이 자라고 있었다. 비가 와도, 바람이 불어도 자기 자리에서 흔들림 없이. 그 모습이 왠지 모를 위로가 되어 나의 지루한 일상을 깨웠다. 그리고 서서히 깨닫게 되었다. 세상의 모든 꽃이 장미일 필요는 없다는 것을. 장미처럼 화려하게 빛나지는 못해도 들꽃처럼 제자리는 지킬 수 있지 않을까. 뭘 대단한 걸 다시 하려는 건 아니었다. 그저 들꽃처럼 어디선가 자그맣게라도 단단하게 피어 있고 싶었다.

그러자 시들어 버린 줄만 알았던 희망이 마음속 어딘가에서 조용히 꿈틀거리기 시작했다. 텅 빈 시간이 나를 다시 채워 갈 기회일지도 모른다고 생각하니 무심히 바라보던 창밖 풍경도 조금씩 다르게 보였다. 새로 펼쳐진 도화지에 들꽃처럼 소박한 삶의 풍경을 담아낼 수 있을 것 같았다. 꽃을 키우고, 문장을 읽고, 가끔 사랑하는 가족과 해질녘 정원을 함께 걷는 그림을.

시든 장미가 바람에 흔들리며 내게 말을 거는 것 같다.

“허전할 땐 잠시 멈춰 서서 마음속 작은 들꽃을 찾아보렴. 어디선가 연둣빛 싹을 틔우며 네게 이야기를 걸어올지도 모르니까.” 그렇게 나는 창밖 뒷마당을 바라보며, 고요한 뜰에 첫발을 내디뎠다.

나의 들꽃을 찾아서

뜰에 첫발을 내디딘 이후, 하루가 조금씩 달라지기 시작했다. 이 낯선 여유를 무엇으로 채워야 할까. 운동, 여행, 봉사, 자기 계발 등 여러 생각이 스쳐 갔지만, 그중 가장 먼저 내게 말을 걸어온 것은 새벽 정원의 풀 내음이었다.

어느 날 새소리에 이끌려 정원으로 향하는 문을 열었다. 이슬 향인지 젖은 수풀 향인지 모를 축축한 새벽 공기가 온몸으로 다가왔다. 이른 아침, 대학 연습실 앞에서 맡았던 풋풋한 풀 냄새 같기도, 신혼 초 남편과 새벽 운동을 하던 아파트 뒷산의 흙 내음 같기도 했다. 낯익기도 또 낯설기도 한 공기 속에서 오래된 기억들이 줄지어 떠올랐다. 과거로 데려다주는 마법처럼, 바쁘게 지내느라 잊고 있었던 순수했던 시절의 감성이었다. 마치 그 시기로 다시 돌아간 듯 반갑고 따스했다.

그날 아침, 나는 오랜만에 스스로에게 물었다. 무엇을 할 때 즐겁고 행복했는지를. 일단 좋아하는 것이 무엇인지를 알아야 뭐라도 할 것 아닌가. 그런데 답이 의외로 쉽게 떠올랐다. 자라면서 흙을 만져 본 적도 없었는데 뒷마당 흙은 이상하리만큼 친근하게 느껴졌다. 흙이 부드러워서일까. 아니면 우리가 결국 흙으로 돌아가서일까. 참으로 신기했다.

그러던 중, 정신과 의사인 스튜어트 스미스가 쓴 『정원의 쓸모』란 책을 우연히 접했다. '우울증, 공황, 트라우마 같은 심리적인 문제를, 식물을 심고 가꾸며 치유한다'는 내용이 쓰여 있었다. 반신반의한 마음으로 책 읽기를 시작하다가, 설레는 마음으로 책을 덮었다. 나에게도 그런 치유와 힐링을 선물해 줄 정원이 생긴다면 얼마나 행복할까, 그런 생각을 하며 그동안 바빠서 텃밭만 조금 가꾸다가 방치해 둔 뒷마당에 나가 보았다. 여기저기 깊숙이 뿌리 내린 잡초가 주인의 무심함을 말해 주고 있었다. 크지는 않아도 정원 꾸미기를 시작하기에는 충분한 공간이었다. '행복한 힐링 정원 프로젝트'라고 이름부터 정하고 조심스럽게 첫 도전을 시작했다.

우선 아는 것이 없어서 국내외 정원에 관한 책들을 닥치는 대로 구입했다. 내 평생에 이렇게 자진해서 공부한 시간이 있었을까 싶을 정도로, 밥 먹는 시간을 빼고는 하루의 대부분을 책상 앞에서 읽고 공부했다. 누군가 '정원을 설계하는 작업은 하얀 도화지에 그림을 그리는 것과 같다'라고 한 적이 있었다. 내 상황이 딱 그랬다. 그중에서도 정원을 미리 스케치하는 부분이 가장 어려웠다. 서투르지만 종이에 그려 나가기 시작했다. 완성될 정원을 상상하면서 수없이 지우고 다시 그렸다. 조금씩 그림이 완성되자, 그곳에 나무와 꽃을 하나씩 채워 나갔다. 처음에는 의욕만 앞서 가든 센터에 갈 때마다 여러 식물을 사들였다. 하지만 욕심내서 심은 식물들은 이내 시들거나, 정원의 다른 식물들과 어울리지 못해 따로 놀기 일쑤였다. 삶도 적절하게 조화를 이루는 것이 중요하듯이. 그런가 하면 기대하지 않고 구입한 매그놀리아 나무는 사계절 내내 싱그럽게 자리를 지켜 주었다. 정원 입구에 심었는데 당당하고 품위 있는 모습이라 볼 때마다 뿌듯했다.

정원이 조금씩 채워지면서 많은 시간을 식물과 교감하면서 보냈다. 권태롭거나 무기력할 틈이 없었다. 매일 살피고, 물을 주느라 부지런히 움직이고 나면 어느새 마음도 가벼워졌다. 잡초를 뽑고, 시든 식물을 정리하면서도 쌓였던 스트레스가 말끔하게 해소되기도 했다. 남편은 정원 도우미를 자청하며, 필요한 정원 도구를 직접 만들어 주곤 했다.

확실히 정원은 많은 사람이 말하듯 '위로와 치유의 힘'이 있었다. 나의 정성과 사랑에 보답이라도 하듯이 정원도 점점 예쁘게 채워지기 시작했다. 물론 흙을 묻히고 땀을 흘려야 하는 수고로움은 감수해야 하고 모기와도 친구가 되어야 한다. 그러나 그 안에서, 일할 때는 느껴보지 못한 평화와 안식을 얻었다. 자연 속에서 다시 숨을 쉬기 시작했고, 비로소 몸과 마음은 자유로워졌다. 그렇게 정원은 내게, 그리고 삶에, 따스하게 다가왔다. 시든 장미같이 느껴졌던 일상에 조금씩 생기가 돌았다. 소박하고 단단한 들꽃이 되어서. 내가 들꽃을 돌보고 있는 줄 알았는데, 그 들꽃이 나를 다시 피워 내고 있었다.

씨앗의 시간은 기다려야

정원이 '새로운 안식처'가 될 거라는 예감이 들자, 나는 설레고 분주해졌다. 마치 새로운 비즈니스 프로젝트를 앞둔 사람처럼. 나는 이 공간을 완벽한 꽃밭으로 만들겠다는 야심 찬 계획을 세웠고, 열심히 공을 들이면 잘될 거라 믿고 본격적인 준비에 들어갔다.

겨울의 끝자락, 차가운 바람이 여전한 1월의 어느 날 밤이었다. 나는 가드닝 책을 밤새 뒤적이며 마음에 드는 씨앗을 인터넷으로 주문했다. 코스모스, 안개꽃, 금잔화.... 이름만 들어도 예쁜 꽃들이었다. 눈에 잘 보이지도 않는 작은 씨앗들이 도착했고, 나는 실내 파종기에서 물을 주며 정성껏 돌봤다. 매일 아침 첫 번째 일과는 파종기를 들여다보는 것이었다. 흙이 마를까 봐 덮어 둔 신문지를 조심스레 들추며 새싹이 올라오는 모습을 기다렸다. 며칠 후 씨앗 껍질이 터지며 연둣빛 싹이 고개를 내미는 것을 보며 잠시나마 '생명의 신비'를 느껴 보았다. 계획대로라면 머지않아 정원이 다채로운 색으로 물들고, 흡족하게 바라볼 터였다.

그러나 나의 장밋빛 기대와 달리, 첫해의 결과는 처참했다. 뒷마당을 하얗게 수놓으려던 안개꽃은 정원에 옮기기도 전에 절반이 말라 죽었고, 노란 금잔화는 싹도 틔우지 못한 채 흐지부지 사그라졌다. 내가 들였던 시간과 정성, 노력은 도대체 어디로 간 걸까. 겨우내 품었던 기대감이 한순간에 무너져 내렸다. 처음에는 경험이 부족해서라고 생각했다. 그래서 가드닝 책을 더 읽고, 유튜브 영상도 찾아봤다. 그 후 몇 차례 더 실패를 거듭한 후에야 꽃마다 파종 시기가 다 다르다는 것을 알았다. 그 다음 해부터는 봄꽃 씨앗은 2월과 3월 따스한 봄바람이 불기 시작할 때, 여름꽃은 햇살이 따뜻해진 후에야 파종했다. 제때 씨앗을 뿌렸더니 꽃들은 풍성하고 건강하게 잘 자랐다. 코스모스는 연분홍 꽃잎을 흔들고, 파종 시기를 지킨 안개꽃은 정원을 몽글몽글 풍성하게 채웠다. 그제야 눈치를 챘다. 모든 씨앗에는 자기만의 때가 있다는 것을.

어디 씨앗뿐이겠는가. 살아오면서도 나는 때를 기다리지 못하고 조바심을 낼 때가 종종 있었다. 그게 열정이고 나의 강점인 줄 알고. 물론 나의 의지는 아니지만, 6살 때 학교에 들어간 것이 그 시작이었다. 또래들과 고무줄놀이하며 놀 나이에 나는 학교에 가고 집에 오면 피아노 연습을 했다. 창밖에서 들리는 친구들의 웃음소리를 들으며, 나는 엄마의 꾸지람이 무서워 건반을 두드리고 있었다. '배움'이라는 이유로 어린 시절부터 쉼 없는 삶을 살았다. 그 후, 대학교도 일찍 졸업하고, 결혼도 서둘렀다. 아이도 바로 가졌다. 어리석게도 그때엔 내가 남들보다 앞서는 줄 착각했다. 그 자리를 놓칠까 봐 오로지 앞만 보면서 달렸다.

하지만 돌아보니 준비가 덜 된 상태에서 쫓기듯 이룬 성취는 잠시의 뿌듯함만 남겼을 뿐, 인생의 충만함을 채우지 못했다. 엄마가 돼서도 마음의 준비가 덜 되어 있었다. 정성을 다해 키웠지만, 우리 아이들을 좀 더 여유 있게 키우지 못한 게 아쉽다. 아무 생각 없이 밤하늘의 별을 보기도 하고, 아이들과 느긋하게 놀아 줬어도 뒤처지지 않았을 텐데 말이다. 그때 나는 내 안에 어떤 씨앗이 심겨 있는지, 그리고 아이들 안의 씨앗이 어떻게 자라날지 들여다볼 겨를조차 없었다.

만약 그때 지금의 지혜를 알았다면, 나는 조급하게 씨앗을 뿌리지 않았을 것이다. 제때가 올 때까지 온전히 기다려 주고, 꽃이 피는 것을 즐겼을 것이다.

정원은 단순히 꽃을 예쁘게 키우는 곳이 아니었다. 기다림을 알려 주는 '인생 교실'이었고, 미처 알지 못했던 소중함을 일깨워 주는 스승이었다. 이젠 더 이상 꽃 피우는 것을 재촉하지 않는다. 누군가의 화려한 인생을 보아도 억지로 만들어진 건 아닌지 생각한다. 가끔 조급한 마음에 흔들릴 때도 있지만, 다시 중심을 잡는다. 씨앗의 시간에 맞춰 파종하고, 충분한 물과 햇살을 주며 묵묵히 기다릴 뿐이다.

자신만의 시간이 되어야 삶도 제 모습을 찾아 피어난다는
것을 알았으니까.

라일락의 초대

　　해마다 4월이 되면 뒷집에 살던 미국인 할아버지는 정성스레 만드신 라일락 꽃다발을 건네주셨다. 꽃에 별 관심이 없을 때였는데도 향이 얼마나 좋던지, 유리 화병에 담아 집안에 모셔 놓곤 했다. 묘하게도 라일락 향만 맡으면 가슴속 어딘가에서 오래된 기억이 몽글몽글 떠오르는 듯했다. 하지만 바쁜 일상에 쫓겨 그게 무엇인지 곱씹어 볼 겨를조차 없었다. 할아버지는 더 이상 거동을 못 하시고, 나는 정원을 만들게 되며 향기 나는 라일락을 꼭 심고 싶었다. 가든 센터에 나무를 구입하러 가 보니 고르기 힘들 정도로 종류가 다양했다. 한참을 고민하다 내가 받았던 것과 똑같은 커먼 라일락을 사 왔다. 심은 첫해에는 꽃망울 몇 개가 가지에 달리더니 겨우 두세 송이만 간신히 피었다. 아쉬웠지만, 적응 기간이라고 생각하며 다음 해를 기다렸다. 이듬해가 되니 줄기마다 자그마한 보라색 별꽃이 풍성하게 달렸다. 꽃도 아름다웠지만, 은은한 향기가 사방에 퍼지며 가슴 깊은 곳까지 파고들었다.

그러자 오래전 그 향기에 묻어 있던 기억이 엊그제 일처럼 선명하게 되살아났다. 아버지와의 추억이었다.

라일락 향이 한참인 어느 봄날, 토요일이었다. 내가 대학에 들어가자, 아버지는 엄마 몰래 종종 밖으로 불러내시곤 했었다. 마침, 아버지 생신 즈음이라 집 근처인 홍대 앞 레스토랑에서 만났다. 무슨 시집을 사서 카드와 함께 드렸던 것 같다. 아버지는 대학 생활에 대해 이것저것 물으셨고, 나는 한참 멋내기에 관심 많았던 때라 자연스럽게 옷차림 이야기로 흘러갔다. 로맨티시스트이셨던 아버지는 기분이 좋으셨는지 평소보다 더 많은 이야기를 하셨다. "평범해 보여도 어딘가 멋스러운 사람이 되어라. 수수하지만 분위기 있는 여성이 되어라. 옷보다 신발과 핸드백에 신경 써라. 그게 진짜 멋을 아는 사람이다." 아버지 스스로가 그런 분이셨다. 외적인 면이 아니라 생각이 그러셨다. 클래식 음악과 미술관을 자주 찾으시고, 책을 읽고 글을 쓰셨다. 자연 속에서 삶의 즐거움을 자주 찾으시곤 했다. 이 글을 쓰다 보니 내가 아버지의 유전자를 가장 많이 물려받았다는 엄마의 말이 틀리지는 않은 것 같다.

그런 아버지는 내가 대학교 4학년 졸업 연주회 직전에 돌아가셨다. 일찍 우리 곁을 떠나실 거라는 것을 미리 아셨던 걸까. 나와 동생들에게 전하고 싶은 말들을 틈날 때마다 꺼내 놓으셨다. 소소한 조언부터 묵직한 인생 이야기까지. 물론 그때에는 아버지의 말씀이 잘 이해되지 않았다. 오히려 잔소리하신다고 생각할 때도 많았다. 그러나 나이가 들고, 삶이 힘에 부칠 때마다 아버지는 슈퍼맨처럼 마음속에 나타나 등대처럼 길을 비추어 주곤 했다. "괜찮다, 다시 시작하면 된다. 우리 딸은 양파처럼 까도 까도 꽉 찼어. 그러니 자신을 믿어라." 딸이니 후한 점수를 주셨겠지만, 나는 단단한 내면을 믿으라는 아버지의 말이 생각나 다시 용기를 내곤 했었다.

프랑스 작가인 마르셀 프루스트가 『잃어버린 시간을 찾아서』에서 홍차에 마들렌 과자를 적시던 순간 어린 시절의 기억이 되살아났듯이 내게 라일락 향기는 '기억으로 들어가는 초대장'이었다. 라일락 꽃이 그려진 작은 초대장.

수십 년의 세월이 흐른 뒤, 나는 아버지의 가르침을 정원에서 다시 만났다. 아버지가 늘 당부하시던 '평범 속의 멋' 그것은 가족들과 오손도손 나누며 살아가는 것, 너무 욕심내며 아등바등 살지 말고, 꽃과 나무도 보면서 여유를 가지라는 말씀이 아니었나 싶다. 이제 라일락은 지고 없지만, 정원 쉼터에서 와인 한 잔을 들고 나는 아버지와 못다 한 이야기를 나눈다. "은퇴를 축하한다, 딸아. 살아 보니 인생이 별거 아니지?" 이 나이가 되어서야 아버지의 말씀이 조금씩 깨우쳐지는 듯하다. 불어오는 바람에 흔들리는 꽃잎 하나가 별처럼 반짝인다. 아버지의 다정한 미소처럼. 그리웠던 라일락의 초대다.

연두가 건네는 말

언젠가부터 연두색이 좋아졌다. 초록은 싱그럽고, 노랑은 산뜻해서 눈길이 갔지만, 푸르죽죽하고 촌스러워 보이기까지 했던 어정쩡한 연두색은 좀처럼 관심이 가지 않았다. 그런데 그 연두가 마음에 들어오기 시작한 건, 어느 날 공원에서 보게 된 풍경 때문이었다.

오랜만에 남편과 함께 호수 공원을 찾은 날이었다. 얼마 전까지 벚꽃이 흐드러지게 피었는데, 어느새 그 자리에 연두색 잎들이 자리를 잡고 있었다. 겨울의 앙상한 가지에서 짙은 여름으로 넘어가는 길목, 잠깐 머물다 가는 연두.

나는 그 '찰나의 순간'을 오랫동안 알아채지 못했다. 늘 바쁘다는 이유로 계절이 옷을 갈아입는 풍경조차 무심히 지나치며 살았다. 시간의 여유인지, 뒤늦게 철이 든 것인지. 호수 둘레를 걷는데, 연둣빛 나무숲이 온몸을 감싸는 듯 포근하게 다가왔다. 연두가 이렇게 아름다웠던가. 수많은 잎이 바람에 살랑이며 햇살을 받아 반짝였다. 호수에 비친 연두색 숲은 마치 위대한 예술가가 우리에게 선물하는 작품 같았다. 그런 연두색을 바라보니 새삼 벅찬 마음이 들었다.

숲길을 걷던 발걸음을 멈추고 커다란 아름드리나무 아래 벤치에 앉았다. 겨우내 쌓인 낙엽 사이로 갓 돋아난 연둣빛 새잎 하나가 눈에 들어왔다. 부드럽고 얇은 촉감, 그 속에 투명하게 비치는 섬세한 잎맥은 경이로울 만큼 완벽한 생명체였다. 나는 그동안 연두를 초록으로 가는 미완의 색이라 여겼지만, 어쩌면 가장 완전한 색일지도 모른다는 생각이 들었다. 무한 잠재력과 희망을 품은.

그날 이후, 나는 일상에서 놓치고 있는 연두는 없는지 자주 살피게 되었다. 그 연두색이 내게 보이지 않던 일상의 풍경을 다시 보게 해 주었다. 그러자 늘 익숙해서 특별할 것 없는 여러 장면 속에서 수많은 찰나의 연두가 보이기 시작했다.

여름비 소리에 기대앉아, 커피 한 잔과 함께 글을 끄적이던 그날 오후. 절친을 만나러 가는 길에 피어 있던 하얗고 작은 들꽃. 딸과 사위가 보내 준 두둑한 용돈. 오랜만에 만난 친정 엄마의 작아진 몸과 여전히 따스했던 주름진 손. 이 모든 것이 소중했던 찰나의 시간이었다. 공원에서 깨달음은 나의 하루도 조금씩 바꿔 놓았다. 집에서 남편과 둘이 밥을 먹더라도 예쁜 그릇으로 식탁을 차리는 기쁨을 누리려 한다. 특별한 날, 외식보다는 집에서 정성껏 차린 밥을 자식들과 나누고, 한국에 계신 엄마에게도 불쑥 꽃을 보내 마음을 전한다. 나만 알던 '연두'가 주는 희망과 기쁨을 함께 나누고 싶달까.

그동안 종종 더 멀리, 더 큰 것만을 바라보다가 소중한 순간들을 자주 놓치곤 했었다. 더 큰 성장과 미래를 위해, 작은 행복을 느낄 시간은 잠시 접어 둔 채로. 물론 그런 날들이 무의미했던 건 아니다. 그러나 내게 오래도록 남는 건, 큰 성취보다는 짧고 조용한 순간들이었다. 그건 찰나의 순간이 품고 있는 감정과 온기 때문일 것이다. 그렇게 나의 두 번째 삶은 연두색으로 조금씩 물들어 가고 있다. 작은 순간이 모여 만들어 내는 소박하지만 따뜻한 빛깔이다. 여전히 놓치는 순간들도 있겠지만, 그 찰나를 흘려 버리진 않도록 해야지. 그것이야말로 공원이 내게 준 가장 큰 선물이었으니.

센트럴 파크에서의 여백

여백이 있으면 시원하다. 집 안에도 가구가 많으면 답답해서 우리 집에는 소파와 식탁 외에는 거의 없다. 흔한 장식장이나 탁자도 없어 처음 우리 집을 방문한 사람들은 이사 중인 집 같다고 좀 놀란다. 그런데 나는 그 무언가를 채우지 않은 '텅 빈' 공간이 좋다. 하루의 루틴도 너무 빡빡하면 숨이 막힌다. 예전에는 하루를 촘촘히 채워야 안심이 됐다. 시간의 공백은 불안했고, 낭비하는 것처럼 느껴졌다. 하지만 많은 일을 하다 정작 중요한 것을 놓치고, 오히려 번아웃이 온다는 것을 경험으로 깨달았다. 그래서 이제는 계획의 사이사이에 숨 쉴 공간을 둔다. 삶의 진짜 목소리는 그

고요한 틈 사이에서 종종 들려오곤 하니까.

꽃샘추위 탓에 봄이 온 걸 실감하지 못하다가 모처럼 화창한 날이었다. 집에만 있으려니 따분해져서 기차를 타고 센트럴 파크로 향했다. 꽃으로 장식한 모자와 흰 운동화를 신으니 소풍 가는 날처럼 들떴다. '꽃은 아직 피지 않았겠지!'라는 생각이 들었지만, 따사로운 햇살만으로도 기분이 좋았다. 센트럴파크에 도착하니 알록달록 꽃 장식을 두른 마차와 자전거 타는 사람들이 경쾌하게 움직이고 있었다. 가벼운 옷차림으로 뛰는 사람들을 보니, 젊음이란 역시 대단한 에너지인가 보다. 봄이 채 오지도 않았는데 반바지에 민소매 티라니.

지난 늦가을, 단풍을 보러 왔을 땐 사람들로 북적였으나 이날은 한산했다. 대부분이 현지 뉴요커처럼 보이는 이들이 도심 속 자연을 유유히 즐기고 있었다. 당연히 꽃은 피지 않았을 것으로 생각했는데, 나무의 앙상한 가지 사이로 대롱대롱 달린 노란 산수유가 보였다. 향긋한 노란 물결의 산수유는 겨울잠에서 막 깨어난 듯 어설프고 여렸다. 몽글

몽글 피어오른 작은 꽃송이를 만져 보니 아기 뺨처럼 보드랍다. 화려하지는 않았지만, 맨해튼의 무채색 빌딩 사이에서 그 노란 꽃은 묘하게도 뚜렷하게 보였다. 고층 건물과 가녀린 꽃이 어우러지는 듯 아닌 듯 묘한 조화를 이루면서. 마치 한 폭의 그림 같았다. 여백이 있으니 빈 가지 사이에 파란 하늘도 마음껏 보였다.

산수유를 지나 호수 쪽으로 향했다. 센트럴 파크에서 가장 인기 있는 장소인 재클린 케네디 오나시스 저수지이다. 이곳은 호수 수면이 맨해튼의 스카이라인을 그대로 비추는 곳이어서 늘 사람들로 북적이는 곳이다. 작년에 방문했을 때는 알록달록하게 물든 나무들을 구경하느라 다른 장면은 눈에 들어오지 않았다. 그런데 지금은 구경하는 사람도, 꽉 차 있던 단풍도 보이지 않아 자연스럽게 주변 건물과 자연에 눈길이 갔다. 여백이 있으니 주변 건물들이 더 잘 보인다. 맑은 물속에서는 청둥오리가 여유롭게 가로지르고 있었다. 호수는 말이 없지만, 이렇게 비워진 장면 속에서 더 많고 깊은 이야기가 들리는 듯했다. 병풍처럼 펼쳐 있던 건물들이 물에 누운 듯 반사되어 묘한 아름다움을 선물했다. 윤슬에 반짝이는 햇빛, 그 사이로 비치는 하늘은 얼마나 푸르고 높던지. 흐릿했던 마음까지도 맑게 비춰 주는 것 같았다.

센트럴 파크는 자연적으로 형성된 공원처럼 보이지만, 사실 미국 최초의 조경 건축술을 활용해 인위적으로 조성된 공원이다. '자연을 통해 사람의 심성을 정화하고 스트레스를 해소한다'는 철학을 지금까지도 이어 가고 있다. 누구나 즐길 수 있도록 무료로 개방되며, 운영비의 상당 부분은 인근 고급 아파트 주민들의 자발적인 기부로 충당된다고 한다. 집을 떠날 때만 해도 나는 화려한 꽃도, 사람도, 무엇을 보겠다는 기대는 없었다. 그런데도 그 어느 날보다 편안하고 충만한 시간을 보냈다. 지금, 이 순간이 '감사하고 행복하다'고 느꼈달까.

역시 우리 마음은 뭔가가 가득 차 있을 땐 아무 소리도 들리지 않는다. 그것이 아무리 좋은 것일지라도 너무 많이 보고, 느끼고, 생각하고, 행동할수록 여유 있는 삶에서는 멀어지나 보다. 160년 전, 이 공원 설계자의 '자연과 함께 사색하라'던 당부도 이런 마음의 여백을 가지라는 뜻이었을 거다. 멈춰 서서 아무 생각 없이 풍경을 바라보는 것. 그것이야말로 삶을 풍요롭게 하는 진정한 방법일지도 모르겠다. 여백이 보이는 산수유 사이에서 하늘도 멋진 건물들도 더 잘 보이듯이.

꽃이 담장을 넘어 세상으로

"지난 3년 동안 무슨 일이 있었던 거야?" 오랜만에 한국을 방문했는데 40년 절친이 보자마자 대뜸 말했다. 예전보다 훨씬 더 적극적이고 당당해졌다나. 눈빛만 봐도 뭘 생각하는지 아는 친구의 말이니 아주 틀린 말은 아닐 듯했다. 나이에 갇히지 않으려고 SNS에서 활발한 소통을 한 노력의 결과인 듯하다고 생각해 보았다. 사실 그 시작은 소박했다.

은퇴하고 정원을 가꾸며 새로운 즐거움을 찾아가는 중이었다. 점점 모양을 갖춰 가는 식물들을 기록하기 위해 인스타란 플랫폼을 처음 접했다. 처음에는 젊은 사람들이 모여 있는 곳이라고 생각해 망설였지만, 사진 찍는 것을 좋아해서 일단 부딪혀 보고 싶었다. 정원에서 피어나는 꽃과 나무들, 그리고 실내에서 키우는 반려 식물을 사진과 글로 꼼꼼하게 올렸다. 프로필명도 '정원에서 행복한 삶을 찾고 나눈다'라는 의미를 담아 '해피 가드너'라고 정했다.

그러던 어느 날, 정원에서 활짝 핀 꽃들을 보는데 곧 시들어서 버려지는 게 아까웠다. 나이가 들면 삶의 무대에서 사라지는 것 같아 서글프기까지 했다. 어디선가 드라이플라워로 만든 소품을 본 적이 있어서 정원 작업실 한쪽에서 꽃들을 말렸다. 그리곤 말린 꽃들로 리스, 압화 카드 등 드라이플라워 소품을 만들어 인스타 피드에 슬쩍 올려 봤다.

그냥 쓱쓱 손 가는 대로 소품을 만들었는데 예상 밖으로 반응이 좋았다. "예쁘다. 어디서 사셨어요? 만들고 싶어요. 가르쳐 주세요." 등의 DM이 오고 팔로워가 늘었다. 좋은 반응이 쏟아지자, 처음에는 살짝 당황스러웠다. '이게 뭐라고' 싶었다. 사실 오래전부터 나는 큰 가구보다는 작은 소품으로 집안 분위기를 바꾸는 것을 좋아했다. 그 기억을 따라 만든 거라 딱히 특별하다고 생각하진 않았는데, 뜻밖의 평가에 자신감이 생겼다. 정원에서 핀 꽃들로 소품을 만들며 세상으로 향하는 문도 조금씩 열었다. 그때부터 꾸준히 팔로워들과 소통을 시작했다. 잠자리에 누워서도, 산책할 때도, 무엇을 올릴 것인지 구상하기도 하면서. "소품에 감성이 담겨 위로받아요.", "어릴 적 생각이 나요." 그런 메시지를 받을 때마다, 누군가에게 소소한 쉼과 위안이 된다는 생각에 작은 자부심도 생겼다. 단순히 예쁜 사진을 올리는 것을 넘어서 타인의 삶에 긍정적인 영향을 줄 수 있다면 더없이 보람 있는 일이 아니겠는가.

인스타를 시작하기 전만 해도 나는 '정원과 집'이라는 울타리 안에 있었다. 은퇴 후 찾아온 평화로운 일상은 만족스러웠지만, 어딘가 세상과 단절된 듯한 막연한 불안감도 있었다. '이제 나는 더 이상 쓸모가 없는 존재가 된 건가?', '오랫동안 쌓아 온 경험은 이제 어디에 써야 하는가?' 그런 질문들이 머릿속을 맴돌던 나에게 SNS 활동은 뜻밖의 즐거운 과제이자 답이 되어 주었다. 이 과정에서 나는 '쓸모'

에 대한 나름의 정의를 새롭게 내렸다. 예전에는 그것이 사회적 지위나 생산성에서 나오는 것이라고 믿었다. 하지만 지금은, 내가 가진 감성과 경험을 나누는 일도 하나의 '쓸모'가 될 수 있다는 걸 알게 되었달까.

지금도 여전히 인스타를 통해 소품을 공유하고, 삶도 나누며 소통하고 있다. 누군가에게는 위로와 영감을, 나에게는 새로운 에너지를 주고 있다. 혼자만의 만족이 아닌, 함께 나누며 확장되는 경험이 즐겁고 뿌듯하다. 은퇴 후 삶의 무대에서 내려왔다고 생각했지만, 정원을 통해 전혀 다른 무대에 올라서며 설렘도 느껴진다. 이렇듯 삶의 아름다움은 언제든 새롭게 발견될 수 있나 보다. 이제 나의 작은 정원은 더 이상 나만을 위한 공간이 아니다. 꽃들은 담장을 넘었고, 그곳에서 더 많은 사람과 다양한 꽃을 피운다. 바람 따라, 마음 따라, 더 멀리멀리 퍼져 가기를.

깨진 화분에 햇살이 드네

나는 소심하고 예민한 편이다. 거기에다 뭐든 계획적이고, 철두철미하게 준비해야 안심이 된다. 그래서 나는 사람들로부터 '완벽주의'라는 말을 종종 듣는다. 칭찬인지 흉인지 모를 그 말 속에는 내 성격의 빛과 그림자가 동시에 담겨 있다. 사실 빈틈도 많고 부실한 행동도 자주 하지만 그런 부분은 잘 드러나지 않으니 모를 수밖에. 아마도 미국에 와서 20년을 넘게 비즈니스를 하면서 몸에 밴 습관 때문일 것이다. 작은 잘못이 큰 손해로 이어지니 실수하지 않으려 했던 마음가짐이 남아 있는 듯하다.

지금은 한결 느긋한 삶을 살고 있는데도 필요 이상으로 긴장할 때가 있다. 여러 사람이 모인 모임에 가거나 공적인 활동을 할 때 특히 그렇다. 편안하게 대화를 이끌어 가는 사람을 보면 부럽기도 하고, 나는 왜 그렇게 못하나 싶기도 하다. 하지만 '이 또한 나니까' 하며 있는 그대로를 받아들이는 수밖에 없다. 그런 나의 예민한 성격이 때로는 좋은 장점이 될 수도 있겠다고 느낀 날이 있었다. 깨진 화분을 바라보던 그날이 그랬다.

식물을 키우다 보면 유난히 정이 가는 화분이 있다. 값비싸지도 않고, 특별한 디자인도 아닌데 눈과 손에 익어 그렇다. 나는 이상하게도 반질반질 윤이 나는 화분보다는 투박한 빈티지 화분이 더 좋았다. 살짝 비뚤어진 입구, 거친 표면, 색이 바랜 무늬들. 그 안에는 묘하게도 사람의 손맛 같은 따뜻함이 배어 있어서다. 뉴욕에서는 그런 화분을 구하기 어려워 두 시간 넘게 차를 타고 코네티컷의 작은 공방을 찾곤 했었다. 그렇게 하나둘 모은 화분들은 주로 집 안에서 반려 식물을 위해 사용했다.

그러던 어느 여름날, 처음으로 화분을 집안에서 밖으로 내놓았다. 흰색 데이지를 심었는데 정원에 있으니 더 세련되고 좋아 보였다. '역시 좋은 화분이 꽃을 더 돋보이게 한다'며 혼자 뿌듯해하던 것도 잠시. 며칠 후 거센 바람과 비를 맞고 화분 윗면에 금이 간 걸 발견했다. 손에 착 맞은 익숙한 찻잔이 손에서 미끄러진 것처럼 가슴이 철렁 내려앉았다. 멀리서 어렵게 가져온 데다 좋아하는 화분이기도 해서 쉽게 버릴 수가 없었다.

일단 깨진 화분을 들고 집 안으로 들였다. 쓸모를 잃은 듯 보였지만, 왠지 포기하고 싶진 않았다. 화분을 다시 살려 봐야겠단 생각이 들자, 눈에 들어온 건 소품용으로 모아둔 말린 꽃바구니였다. '이거다!' 싶어 그 안에 들어 있는 말린 꽃을 조심스럽게 꺼냈다. 깨진 선도 나름 자연스러워 그대로 놔두고 꽃으로 채우기로 했다. 뭔가를 창조한다는 마음으로 바뀌자 속상했던 마음이 갑자기 희망으로 바뀌었다. 먼저 가을의 감성을 살리기 위해 말린 장미와 주황색 메리골드를 전면에 보이게 붙였다. 나머지 꽃들은 화분의 깨진 면을 따라 빙 둘러 마무리했다. 빈티지 화분에 말린 꽃이 생각보다 잘 어울려 마음에 들었다. 다시 재창조된 화분은 전보다 훨씬 더 특별한 모습으로 돌아와 포장지를 넣어 두는 용도로 사용하고 있다.

소품을 만들기 시작하면서부터는 몸이 무겁고 마음이 흐릴 때, 의식의 흐름대로 무언가를 만든다. 거기에 집중해서 조금씩 완성하다 보면 어느새 마음이 편안해진다. 살면서 어쩔 수 없이 갖게 되는 예민한 마음을 달래기 위한 나만의 힐링이다.

완성된 깨진 화분을 바라볼 때마다 우리의 삶과 참 닮아 있다는 생각이 든다. 누구나 그런 일들이 있지 않은가. 오래된 친구, 가까운 가족, 때때로 소홀해진 사람들. 그들과도 작은 오해로 금이 가고, 말없이 멀어지기도 한 경험들. 용기를 내서 깨진 관계를 회복하기 위해 식사를 함께하고, 마음을 나누다 보면 예전보다 더 돈독한 관계가 되기도 했었다.

완벽주의자라고 해서 실수하지 않는 건 아니다. 오히려

나는 내가 세운 기준에 못 미칠 때가 많아서 더 자주 조각
나고 깨지기도 했다. 나 자신과의 약속이든, 믿었던 다른
사람과의 관계든. 다시 이어 붙였을 때 더 단단하게 되살아
났던 순간들도 분명 있었다고 믿고 싶다. 깨진 화분이 다시
살아난 것처럼. 그러니 은퇴의 막막함도 나이 듦의 위기도
그리 두려워할 일이 아니다. 금이 가고 깨진 틈 사이로도 다
시 사랑이 스며들어 더 단단하게 붙들어 줄 테니까.

3장

글 정원에서 만난 사람들

꽃과 문장 사이에서

얼마 전, 딸과 함께 맨해튼에 있는 공립 도서관에 다녀오는 길이었다. 입구의 굿즈 숍을 잠깐 들렀는데 토트백에 쓰인 문장 앞에서 발걸음을 멈추게 되었다.

"정원과 서재를 가진 사람은 모든 것을 가진 자이다."

(키케로)

오래전부터 듣던 말이지만, 그땐 크게 와닿지 않았다. 왜 하필 정원과 서재일까? 세상에는 갖고 싶은 게 얼마나 많은데. 쉽게 이해되지 않았다. 꽃에도, 글에도 별 관심이 없었을 때였으니까. 하지만 정원을 가꾸고 글을 쓰는 시간이 조금씩 쌓이자, 이 문장이 점점 와닿기 시작했다. 그리고 지금, 나는 소박한 서재에서 글을 쓰고, 작은 정원을 가꾸는 일상을 보내고 있다. 키케로의 말이 아니더라도, 이런 삶은 내가 나에게 건넨 가장 흡족한 선물인 듯싶다.

좁고 긴 하얀 책상. 남편이 사 준 모니터와 자판이 있는 이 공간은 나만의 글 정원이다. 비록 서재 한쪽에서 더부살이하고 있지만, 요즈음 내가 가장 오래, 행복하게 머무는 곳이다. 지난 3년 동안, 이곳에서 글을 쓰는 시간은 하루 중 가장 소중한 루틴이었다. 아무도 일어나지 않은 새벽, 늦은 밤에도 이 글 정원에서는 혼자가 아니었다. 잊고 있던 감정, 그리운 시간과 원 없이 함께했으니까. 글을 쓰다 유년 시절의 골목길 풍경이 떠올라 미소 짓기도 했고. 그리운 사람이 떠올라 눈물을 삼키기도 했다. 어디에 그렇게 꽁꽁 쌓아둔 감정들이 많았는지, '글'이라는 통로를 통해 조금씩 풀려나왔다.

사실 은퇴 전까지는 공적인 문서 외에 긴 글은 써 본 적도 없고, 그럴만한 용기도 없었다. 오랜 시간 사업을 하고, 아이들 뒷바라지에만 익숙했던 내게 '나만의 이야기'를 쓴다는 것은 어울리지 않는다고 생각했다. 그러던 어느 날, 평소에 내게 글솜씨가 있다며 은근슬쩍 칭찬하던 남편이 '글을 써 보라'고 권유했다. 나는 마치 새로운 자격증을 따듯 브런치에 응모했고 '브런치 작가'라는 타이틀을 얻으며 조금씩 글을 쓰기 시작했다. 처음에는 정말 어려웠다. 일주일 내내 끙끙대다가, 토요일에 겨우 글 한 편을 올리고는 모니터 밖으로 사라지곤 했다. 누가 보든, 안 보든 내 이야기를 세상에 드러내는 일이 어색하고 부끄러웠다. 그런데도 이상하게도 글을 다 쓰고 나면 가슴 한편이 상쾌해지곤 했다. 먼지 낀 창문을 활짝 연 듯한 기분이랄까. 답답했던 마음이 조금씩 숨을 쉬는 것 같았다.

지금 생각해 보면, 글쓰기에 빠져든 것은 자연스러운 흐름이었을지도 모른다. 몇 년 전, 처음 정원의 흙을 만지며 느꼈던 편안했던 감정이 글을 쓸 때도 비슷하게 찾아왔으니까. 물론 정원을 가꾸다 보면 꽃들이 제멋대로 자라 어수선하고 조화를 못 이루던 시기도 있었고, 무한정 퍼지는 잡초도 뽑고, 아침저녁으로 물을 주며 정성을 쏟기도 했다. 그러나 모든 수고를 감내한 뒤에 맞이하는 꽃이 피는 기쁨. 그 과정 자체가 내게는 치유이자 회복이었다.

글이라는 도구를 이용해 '글 정원'을 가꾸는 것도 마찬가지였다. 처음에는 무슨 말을 써야 할지 몰라서 하고 싶은 말만 쏟아 냈다. 정작 전하고픈 마음은 잘 담기지도 않은 채로. 때론 한 에피소드를 쓰기 위해 여러 날 동안 밤을 지새우기도 했다. 감정의 온도를 맞추고, 단어 하나하나의 결을 다듬는 일은 정원에서 가지를 쳐내는 일과 닮아 있었다. 정원에서 씨앗을 고르고, 뿌리고, 다듬듯 글도 그런 인내가 필요했다. 무엇보다 글쓰기를 통해 나는 내면의 마음을 깊게 알아 가는 법을 배웠다. 얽혀 있던 감정을 정리하고, 그리운 이름들을 문장을 통해 다시 불러 보았다. 일상의 작은 순간들도 새로운 눈으로 바라보게 되었고, 그 안에서 의미를 찾기도 했다. 글도 정원처럼, 마음을 다독이며 위안이 되었다.

키케로가 말한 '정원과 서재'는 단지 공간을 의미하는

것이 아니었다. 나를 돌볼 수 있게 하며, 삶의 원동력을 선물했다. 그렇게 만들어가는 글 정원, 나는 이곳에서 많은 꽃을 만나고, 키우고 더러는 정리했다. 그리고 가장 좋은 자리에 특별한 꽃 한 송이를 심었다. 이 세상에서 나를 가장 사랑하는 사람, 이제는 내가 더 많이 사랑하고 보살펴야 할 사람. 바로, 엄마라는 꽃이다.

엄마의 일생 (엄마의 자서전 1)

참 용감하기도 했다. 글을 쓰기 시작한 지 몇 달 되지도 않아 나는 거창한 계획을 세웠다. 지금 생각하면 웃음만 나오는 초보 작가의 무모한 도전이었다. 나만의 글 정원에 '특별한 꽃 한 송이'를 심기로 한 것이다. 몰라서 용감했고, 지루한 고생 끝에 다행히 해피 엔딩으로 마무리된 '엄마의 자서전'이다.

2년 전, 88세 엄마 생신에 뭔가 의미 있는 선물을 해 드리고 싶었다. 그 연세가 되시니 좋은 옷과 가방도 필요 없다고 하시고, 건강상 여행 가기도 수월하지 않았다. 여러 선물을 생각하다 엄마가 살아온 이야기를 글로 남기고 싶단 말을 가끔 하신 게 생각났다. 그 어떤 값비싼 것보다 엄마의 삶을 담은 한 권의 자서전이 의미 있는 선물이라고 생각했다.

그래서 엄마에게 조심스럽게 여쭤봤다. "엄마, 자서전을 써 보시는 건 어떠세요?" 엄마는 솔깃해하는 것 같았지만 이내 손사래를 치셨다. "나처럼 나이 많은 평범한 사람이 어떻게 글을 갑자기 쓰겠니?"라면서. 여러 차례에 걸쳐 엄마를 설득하며, '저에게 이야기하듯 하나씩 글로 풀면 된다'고 말씀드렸다. 젊은 시절, 문학도를 꿈꾸셨던 엄마는 며칠을 심각하게 고민하셨다. "네가 도와준다면 해 볼게."라는 조건을 달긴 했어도 일단 승낙하셨다.

엄마가 책을 쓴 경험도 없고, 글을 써 본 지도 오래전이어서 가족들이 협력하기로 했다. 나는 대필을 맡았고, 딸은 엄마가 보내 준 내용을 정리했다. 한국의 동생은 가족 편집 회의를 할 때마다 줌을 연결하기로 했다. 삼대가 함께 하는 특별한 프로젝트가 시작되었다.

제일 먼저 엄마와 딸 그리고 나는 자서전만을 위한 단톡방을 만들었다. 그리고 엄마의 유년기부터 지금까지의 삶을 시간의 흐름대로 정리해 소제목을 적었다. 대략 20여 개의 주제로 나누어 매주 한 편씩 쓰기로 했다. 엄마는 어린 시절의 기억부터 결혼, 육아, 그리고 혼자 남은 현재의 이야기까지. 생각나는 대로 카톡으로 보내셨다. 딸은 그 내용을 시간 순서대로 정리하고, 나는 그 조각조각의 이야기를 퍼즐처럼 맞춰 하나의 글로 완성했다. 놀라웠다. 80년도 더 된 기억의 조각들을 마치 어제 일처럼 생생하게 꺼내 놓으시다니.

엄마가 보내 주시는 내용에는 그때의 설렘과 기쁨, 슬픔이 그대로 담겨 있었다. 엄마도 "신기하다. 기억의 저편에 있었던 일들을 하나님께서 깨우치게 해 주시는 것 같다."며 기뻐하셨다. 어떤 날은 '좀 더 젊어서 글로 정리해 둘걸' 하면서 지난 세월을 아쉬워하기도 하셨다. 우린 한마음으로 똘똘 뭉쳐 프로젝트를 하나씩 완성해 갔다.

물론 순탄한 일만 있는 건 아니었다. 나의 주말은 당연

히 반납했고. 보내 주신 카톡의 조각들이 완성되지 않을 때
엔 포기하고 싶다는 생각도 여러 번 들었다. '이게 뭐라고
이렇게까지 애써야 하나?' 하는 한숨이 절로 나왔다. 어떤
날은 두서없이 말씀하신 부분을 내가 많이 빼내었다며 끝
없이 불평하시는 것을 참아내야 했다.

그뿐만 아니라 미처 생각하지 못한 어려움도 있었다.
엄마가 이별의 상실감 같은 아픈 기억이 떠올라 힘들어하
실 때면, 그 슬픔이 나에게까지 고스란히 전달됐다. 도저히
글로 못 옮길 때도 여러 차례 있었다. 여행을 가도 글을 써
야 하니 컴퓨터는 꼭 가지고 가야 하고, 잠자는 시간을 줄
여서 글을 쓰며 몸과 마음도 한없이 지쳐 가기도 했다. 엄
마가 자서전을 거의 마무리할 무렵에 이런 말씀을 하셨다.
"축복된 삶을 살았지만, 그 시절로 다시 돌아가고 싶지는
않다."라는 말씀이 나의 뇌리에 깊숙이 박혔다. 과거는 감
사하지만, 거기에 매몰되지 않고, 지금, 이 순간에 만족하
자는 엄마의 인생관으로 느껴져서다.

『돌아보니 은혜와 사랑인 것을』이라는 책의 제목은 엄

마가 직접 지으셨다. 엄마의 인생은 고난이 아니라 결국 '은혜와 사랑'으로 가득했다는 메시지가 담겼다. 애초부터 판매 목적이 아니어서, 엄마의 88세 생신에 가족들과 가까운 친지분들께 나눠드렸다. 엄마는 책을 받아 들고, 꿈만 같다며 며칠을 우셨다고 했다. 읽고 또 읽으면서.

처음 기획할 때만 해도 엄마가 인생을 정리하는 글을 남기면 좋겠다는 단순한 생각이었다. 그러나 자서전은 엄마에게도 나에게도 많은 의미를 주었다. 글을 쓰기 시작해서 이런 작업을 할 수 있었음에 감사했고, 받은 사랑을 조금이라도 돌려드린 것 같아 홀가분했다. 결국 내가 엄마의 삶을 대신 써 내려갔지만, 그 글은 오히려 내 삶을 비추는 거울이 되었다. 엄마의 이야기를 쓰며, 나의 삶을 다시 들여다보았고, 앞으로 걸어가야 할 길을 희미하게나마 그려볼 수 있었다. 그렇게 한 송이 특별한 꽃은 엄마의 이야기로 피어나, 나의 깨달음으로 이어졌다.

사랑이란 이름의 꽃(엄마의 자서전 2)

어릴 적부터 엄마는 무서웠다. 다정하기보다는 엄격했다. 자식들 뒷바라지에는 한 치의 빈틈도 없이 철저해서 엄마의 생각이 조금만 빗나가도 용납하지 않았다. 우리를 향한 집념과 애착은 그 누구도 따라올 수 없을 정도였다. 대학교에 들어가니 더 심해졌다. 무슨 옷을 입는지, 누구를 만나는지, 나의 일거수일투족이 모두 감시 대상이었다. "이게 다 너 잘되라고 하는 것이야." 말씀하실 때마다 속이 부글부글 끓었지만, 모두 따를 수밖에 없었다. 결혼을 빨리 결심한 것도 엄마에게서 해방되고 싶어서였다고 생각할 정도였다. 지칠 줄 모르는 엄마의 에너지가 숨 막히듯 답답했다.

그런데 자서전을 대필하는 동안, 자주 목이 메어 왔다. 내가 미처 알지 못했던 엄마의 다른 면을 들여다볼 수 있었기 때문이다.

엄마의 어린 시절은 겉보기에는 유복한 삶을 살았지만, 그 안에는 텅 빈 슬픔이 있었다는 생각이 든다. 엄마는 세 살 때 친엄마를 여의었다. 육 남매 중 막내였던 데다 영특해서 유난히 사랑을 많이 받았는데 갑작스레 세상을 떠나셨다고 한다. 세 살배기 아이가 매일 엄마를 찾으니 열 살 조금 넘은 큰 언니가 대신 엄마 노릇을 했다. 밥을 먹이고, 씻기고, 머리숱이 많아지라고 매일 머리를 빗겨 주었다. 그 장면을 상상하는 것만으로도 가슴이 아려왔다. 머리를 다정하게 빗겨 주는 엄마의 손길, 그 따뜻함을 엄마는 평생 받아 본 적이 없었다.

그래서인지 어릴 적 우리들의 사진을 보면 흐트러진 모습이 없다. 머리카락은 언제나 단정했고, 늘 예쁜 옷과 모자, 심지어 잠옷까지 다리미로 다려 입혔다. 엄마는 어려서 받지 못해 채워지지 못한 사랑을 우리에게 쏟아 내며 엄마는 자신의 빈 사랑을 메우셨을까. 결혼 후, 어렵게 첫딸인 나를 출산하고 엄마는 다짐했다고 한다. '내 딸만큼은 그런 슬픔을 겪게 하지 않겠다'고. 엄마는 바쁜 가게 일과 시집살이를 하면서도 아이들을 키우는 재미에 힘든 줄을 몰랐다. 딸 하나 아들 둘을 낳으니 세상 부러울 게 없었다. 하루 종일 일하다가도 아이들만 보면 기운이 나서 잘 키우겠다고 다짐하고 또 했다. 간절히 꿈꾸던 '절대 놓치고 싶지 않은 사랑'을 온몸으로 실천하면서.

막냇동생이 한 살, 내가 여섯 살 되던 해였다. 행복하던 어느 날, 엄마는 다시 삶의 기로에 섰다. 머리가 아프고, 어질어질해 그대로 쓰러졌는데 정신을 차리고 보니 병원이었다. 의사가 뇌암 진단을 하며 "위중하니, 집으로 돌아가 가족들과 마지막을 준비하라."고 했다고 한다. 친정과 시댁 식구들, 그리고 어린 삼 남매가 누워 있는 엄마를 빙 둘러앉아 있었다. 다시는 보지 못할지도 모르는 순간이었다. 엄마의 눈에는 젖먹이 막내와 나란히 앉아 있는 우리만 들어왔다. 눈물이 핑 돌았다고 한다. '이 아이들도 엄마 없이 자라겠구나.' 가물거리는 의식 속에서도 하나님께 살려 달라고 울부짖었다. 엄마의 기도가 하늘에 닿았을까. 엄마는 기적적으로 회복되었다. 힘든 치료 과정을 오로지 삼 남매를 생각하며 이겨 냈다. 아이들 사진을 베개 옆에 두고 보고 또 보면서 버텼다고 하신다. 그때 엄마 나이 스물아홉. 젊은 엄마와 어린 삼 남매는 다시 함께 살아갈 수 있었다.

이야기를 옮겨 적는 나 역시 가슴이 저려 한동안 글을 이어 가지 못했다. 자세히 듣고 써 내려가며 엄마의 절절한 아픔이 내게도 그대로 전해졌기 때문이다. 엄마의 자식에 대한 사랑은 자신이 받지 못한 결핍에서 비롯되었지만, 동시에 우리를 지켜 낸 삶의 에너지였다. 자서전을 대필하며 오래 묻어 둔 물음을 엄마와 함께 풀 수 있었음에 감사했다. 그리고 알게 되었다. 과한 집착조차도 결국은 사랑의 또 다른 얼굴이었음을.

딸은 자서전의 에필로그 "할머니의 빛나는 이야기"에서 이렇게 적었다. "할머니를 떠올리며 생각나는 단어를 딱 한 개만 고르라면, 나는 주저 없이 '사랑'을 선택할 것이다. 때로는 사랑의 크기나 표현하는 방식이 서로 달라서 오해하기도 하고, 오해가 깊어져 아픔과 상처가 될지라도 또 사랑을 하시는 분이다. 모든 게 무너지는 절망의 순간에도 다시 또 일어나 사랑하신다."(손녀 그레이스 유)

어느덧 구순이 지난 엄마는 몸도 마음도 예전 같지 않으시다. 자주 아프시고, 기력도 없으시다. 자식들을 향한 그 뜨거운 관심도 이제는 희미해졌다. 그런 엄마를 보며 "오늘은 어디 가냐, 무슨 옷을 입었냐." 하고 묻던 성가신 목소리가 그리워지기도 한다. 이제는 무슨 상황이 오더라도 돌려드릴 차례이다. 사랑이란 꽃으로.

단짝단짠한 하루

글은 묘하다. 한 문장을 따라 걷다 보면 어느새 오래전 길 위에 서 있다. 잊었다고 생각한 시간이 불쑥 다가오기도 하고, 희미했던 시간이 다시 살아나기도 한다. 신기하게 그 길에 보이는 것들은 모두 아름답다. 기쁜 일이건, 슬픈 일이건. 다시 돌아갈 수 없어서일까. 단짝 친구와 함께한 시간도 떠올랐다. 나보다 나를 더 잘 아는, 눈빛만 봐도 서로의 기분을 알던 K이다. 글을 쓰면서 나는 귀엽고, 당차고, 아름다웠던 그 시절로 돌아가곤 했다.

198X년 9월 첫째 주 금요일 지하 연습실. 한 학기에 한

번, 필수로 해야 하는 향상 음악회가 얼마 남지 않은 시점이었다. 엄마의 감시가 없는 캠퍼스 생활을 즐기느라 연습을 소홀히 했다. 연주해야 할 곡도 못 외워서 마음이 급해졌다. 바이올린을 전공하는 절친 K도 마찬가지 상황. 우리는 피아노 한 대와 몸이 겨우 들어가는 지하의 작은 연습실에서 하루를 불태우기로 했다. 연습하고 또 하다 보니 어느덧 저녁 7시. 그래도 집중한 덕에 리스트의 '라 캄파넬라'는 겨우 외었다. 작은 종을 연상시키는 영롱하고 빠른 멜로디가 고난도이다. 휴! 갑자기 허기가 밀려와 옆방의 K를 살피러 갔다. 그녀 역시 지친 표정이다. 굳이 말하지 않아도 서로의 얼굴만 보면 알 수 있다. 오늘 연습은 여기까지라는 것을.

우리는 마치 약속이나 한 듯 악보를 덮고 연습실 문을 나섰다. 고풍스러운 음대 건물을 지나 '휴웃길'을 따라 내려왔다. 우리가 4년 내내 사랑했던 길이다. 휴! 하고 힘들게 걷다 보면 끝이 보여 웃음이 나는 길. 고된 연습과 미래에 대한 고민을 잠시 내려놓을 수 있었던 우리만의 해방구였다. 친구와 끝없는 이야기를 하며 쭉 내려가니 학교 정문이 보인다. 그곳에는 우리가 늘 찾던 분식점이 있다. 발걸음을 재촉했다. 문을 여는 순간 익숙하고 낯익은 메뉴판이 우리를 기다리고 있다.

"야, 너 무슨 튀김 먹을 거야?" 김말이, 고구마, 오징어, 만두, 야채 튀김 중 무엇을 고를지 망설이는 순간, K는 고민도 없이 말했다.

"그냥 골고루 다 먹을래!" 나는 고개를 끄덕였다. 사실 내 마음도 그랬다. 모둠 튀김! 그 얼마나 푸짐하고 사랑스러운 단어인가. 튀김은 골고루 먹어야 제맛이지.

주방 이모가 커다란 기름 솥에서 노릇노릇 튀긴 튀김을 나무 바구니에 툭툭 담아 주었다. 고소한 냄새가 하루 종일 연습실에 갇혀 있던 우리를 위로해 준다. 사각, 사각, 와삭! 경쾌한 소리를 내며 튀김을 먹었다. '이건 힐링 푸드야' 하면서. 그러자 기름기가 촉촉하게 입안을 감싸며 퍼졌다. 짜지 않은 슴슴한 마법 간장에 찍어 먹으니 '아! 행복해!' 노력한 후에 느끼는 뿌듯한 바로 그 맛이다. 한 입, 두 입, 정신없이 베어 물다 보니 어느새 바구니는 바닥이 보이기 시작했다. 텁텁한 뭔가가 입안에서 느껴졌다. 기름기도 혀끝에 계속 남아 있다. 그 순간, K와 나의 눈이 마주쳤다.

"느끼하지?" '응'. "그럼 비빔국수로 입가심하자." 우리는 거의 동시에 카운터를 향해 손을 들었다. "이모, 비빔국수 하나 추가해 주세요. 노란 단무지도 많이 주시고요!"

비빔국수에는 단무지가 필수다. 친구 몸매처럼 가느다란 면발이 돌돌 말아 담기고, 그 위에 빨간 양념장이 듬뿍 올라와 있었다. 새콤달콤한 무생채와 달걀 반쪽이 곁들여졌다. 고소한 참기름과 깨소금까지 솔솔 뿌려져 있으니, 우리의 속을 개운하게 풀어주기에는 완벽하다. 늘 솔선수범하는 K가 먼저 젓가락을 들어 능숙한 손놀림으로 국수를 비비기 시작했다. 하얀 면발에 빨간 양념이 들어가니 금세 발그레해진다. 격한 운동을 하고 난 뒤 빨개진 내 얼굴처럼. 국수가 공평하게 양념을 머금었을 때, 우리는 동시에 젓가락을 들었다.

‘호로록.’ 국수가 혀를 스치자마자, 새콤달콤하고 알싸한 매운맛이 입안 가득 퍼졌다. 순간, 조금 전까지 입안에 남아 있던 기름진 맛은 흔적도 없이 사라졌다. 개운함과 칼칼함만이 느껴진다. ‘캬!! 이게 바로 단짠단짠의 조화지.’

친구도 고개를 끄덕이며 한마디 거들었다. “튀김만 먹으면 느끼해서 질리고, 비빔국수만 먹으면 맵고 자극적이지. 둘이 만나야 조화로운 거야.”

나는 젓가락으로 국수를 말며 맞장구를 쳤다. “그러게. 우리 인생도 이렇겠지?” 그때는 별생각 없이 장난처럼 던진 말이었다. 이제 막 피기 시작한 인생들이 뭘 알았다고 그런 말을 주고받았을까? 그날 저녁, 우리는 학교 앞 작은 분식점에서, 완벽한 단짠단짠의 마법을 즐겼다. 인생도 그렇잖아. “단맛만 있으면 심심하고 짠맛만 있으면 힘들지. 매운맛도 필요하고, 가끔 기름진 날도 있어야 해. 그래야 진짜 맛있는 인생이 되니까.”

40년이 다 되어서 그 시간을 다시 떠올리니, 우리가 나눈 그 말들이 지금도 살아 숨 쉬는 것처럼 생생하다. 그래 맞아. 그때 우리가 나눈 말이 맞았어. 인생은 단짠단짠했어. 한때는 달콤했고 또 한때는 눈물 나게 매웠지. 분식점에서 먹었던 튀김과 비빔국수처럼. 이렇듯 글은 재주꾼이라 잊고 지낸 친구와의 시간까지도 불러오니 참 묘하다.

그해 여름, 아버지

나이가 드니 이상하다. 엊그제 무엇을 했는지는 가물가물한데 오래전 일은 더욱 선명하게 떠오른다. 기억이 거꾸로 흐르는 걸까. 지인은 우스갯소리로 치매 초기라고 하고, 어떤 친구는 나와 비슷하다며 공감한다. 아마도 오래된 시간일수록 뿌리가 깊기 때문일 것이다. 그중에서도 글을 쓰며 또렷하게 떠오르는 사람. 그 흔적의 한가운데 아버지가 있다.

대학교 4학년 여름 방학 때였다. 졸업 연주회 연습과 아르바이트, 레슨, 여러 만남으로 바쁘고 즐겁게 지내고 있었다. 그날도 여느 때와 같이 긴 하루를 보내고 서교동 집 골목을 들어서고 있었다. 그런데 왠지 좋지 않은 예감이 들었다. 저녁 7시면 항상 집 앞에 서 있던 검은색 승용차가 보이지 않아서다. '아버지가 아직 집에 안 들어오셨나' 하면서 초인종을 눌렀지만, 인기척이 없었다. 당시에는 핸드폰도 없던 80년대라 연락할 방법이 없었다. 한참 동안 기다리니 집안일을 도와주던 언니가 사색이 되어 문을 열어 주었다. "사장님이 갑자기 쓰러지셔서 대학병원으로 가셨어." 늘 규칙적인 생활에 술과 담배도 안 하시는데 왜? 떨리는 마음으로 S대학 병원으로 달려갔다. 아침에만 해도 아무렇지도 않던 아버지가 환자복을 입고, 중환자처럼 누워 계셨다. 며칠간의 정밀 검사 결과는 급성 간암이었다. 겨우 2주 동안 가족들의 병간호를 받으시고, 지독히도 더웠던 그날 우리 곁을 떠나셨다.

14일이란 짧은 시간 동안, 아버지는 고통 속에서도 우리를 걱정하셨다. 엄마에게는 두 손을 꼭 잡고 "고생만 시켜 미안하다."며 맺히던 눈물. 혼기를 앞둔 나에게는 결혼 식장에 함께 못 들어가 미안하다면서 "착한 사람과 결혼해라."고 당부하셨다. 그 와중에 착한 사람이라니. 진로를 고민하던 막냇동생에게는 "가업을 이어 약대에 진학해라.", 대학 1학년인 동생에게는 변호사가 되어 불쌍한 사람들을 도와주라고 하셨다. 힘없었지만 또렷하던 목소리가 지금까지도 나의 귓가에 맴돈다.

그렇게 갑자기 아버지를 떠나보내고 한동안 아무 일도 하지 못했다. 하늘만 바라보아도 눈물이 났다. 세월이 가며 간간이 생각이 났지만, 다시 슬퍼질까 봐 애써 무심해하곤 했다. 세월이 지난 후 글을 쓰며 아버지가 어떤 분이셨는지를 다시 돌아볼 수 있게 되었다. 아니, 꼭 다시 만나야 하지 않을까 생각이 들었다.

아버지는 서울로 오시기 전, 지방의 소도시에서 약국을 운영하셨다. 작은 가업을 물려받으셨는데 아버지가 맡으면서 눈부시게 번창했다. 수익의 일부를 지역 사회의 장학 사업에 기부도 하며 많은 의약계 학생을 도왔다. 시간이 흐르며 도매상과 소매상을 겸하던 약국은 더 확장되었다. 부모님 모두 새벽부터 밤늦게까지 쉴 틈 없이 일하셨고, 가게와 연결된 집은 늘 사람들로 북적였다.

그러던 어느 날, 아버지는 잘나가던 약국을 갑자기 그만두신다고 폭탄선언을 하셨다. 가족과 함께 밥 먹고, 아이들을 좀 더 환경이 좋은 곳에서 공부시키며, 소소한 행복을 누리고 싶다는 단 하나의 이유였다. 많은 사람이 아깝다고 만류했지만, 아버지는 가족과 지내는 것이 더 소중하다며 서울행을 택했다. 하물며 엄마도 약국을 정리하는 것을 원치 않으셨다. 다 쓰러져 가는 가게를 반듯한 사업체로 발전시켰으니 포기하기가 쉽지 않았을 듯하다. 하지만 아버지는 달랐다. 모두가 부러워하는 자리를 내려놓으셨고, 기꺼이 '평범한 삶' 속으로 들어가셨다.

서울로 오신 후, 아버지는 바라던 대로 그동안 하지 못한 일상의 즐거움을 누리셨다. 노량진 수산 시장에서 생선을 사 오고, 동네 시장에서 장 보기를 즐겨 하셨다. 어머니가 식사를 준비하시는 동안, 식탁에 둘러앉아 나와 동생들의 하루를 물으셨다. 평범한 대화였지만, 아버지에게는 가장 행복한 시간이었을 듯하다. 저녁 식사가 끝나면, 엄마와 동네 한 바퀴를 돌며 산책하시는 게 일과였다. 체격이 크신 아버지와 좀 마른 엄마. 조금 떨어져 두 분이 걷는 뒷모습은 조금 어색하지만 다정했다. 우리가 중고등학교를 다닐 무렵에는 사회와 경제 돌아가는 것을 알려 주고 꿈을 갖도록 응원해 주셨다. 그때 알려 주신 경제 상식이 평생을 통해 큰 도움이 되곤 했었다. 책과 글을 늘 가까이하며 소소한 행복을 온전히 즐기셨다.

가끔 궁금했었다. 아버지는 왜 그런 선택을 하셨을까. 한창 잘나갈 때, 사업체를 내려놓는다는 것이 쉽지는 않았을 거 같아서다. 세월이 흘러 글을 쓰면서, 나는 그해 여름의 아버지를 다시 만났다. 그리고 그 궁금증이 조금 풀렸다. 아버지는 삶의 가장 소중한 가치를 잘 선택했고, 충만하게 누리다 가셨음을 이해하게 되었다. 잘나가던 약국보다 가족과의 행복을 택한 아버지는 삶에서 무엇이 중요한지를 행동으로 일깨워 주셨다. 불필요한 욕심을 내려놓은 진정 용기 있는 분이셨다. 글을 쓰며 아버지와 함께했던 일화가 유독 많이 떠오르는 이유이기도 하다.

이렇듯 글을 쓰고, 작은 정원을 가꾸는 나이 든 나를 보시면, 참 좋아하실 거 같다. 어쩌면 아버지가 원했던 모습 같기도 해서 뭉클하기도 한다. 오래전 우리 곁을 떠나신 아버지가 추억의 꽃으로 다시 피어나기라도 한 걸까.

소녀와 책벌레

언젠가부터 남편이 유튜브를 보며 훌쩍이기 시작했다. 감정보다 이성이 먼저였던 사람인데, 조금만 감동적인 사연이 나와도 어김없이 눈물을 훔친다. 나이 들면 남자도 여성 호르몬이 늘어난다더니, 괜한 말은 아닌 모양이다. 그 모습이 여전히 낯설고 가끔은 슬프기도 하다. 세월의 무게를 실감하는 순간이랄까.

며칠 전, 결혼기념일 아침에 남편이 내 책상 위에 무심히 편지를 놓아두었다. "다름에서 만들어 낸 우리들의 삶." 짧지만, 울림이 있는 문장이었다. 서로 다른 속도와 온도로 살아오며 자주 부딪히고 종종 상처도 있었지만. 어쩌면 그 차이 때문에 서로 다른 빛깔로 우리만의 그림을 그리면서 살아왔을지도 모르겠다.

그를 처음 만난 건 대학교를 졸업한 해, 가을이었다. 나는 대학원을 준비하고 피아노 강사로 일하며, 개인 레슨과 각종 반주로 바쁜 하루를 보내던 중이었다. 대학 시절, 우연히 심리학과 교수님의 아이들을 가르친 것을 계기로 소개가 이어졌고, 인기 있는 피아노 선생님으로 활동할 수 있었다.

남편을 만난 그날은 엄마의 지인이 마련한 소개 자리였다. 결혼식 반주가 몰리는 시즌이라, 함께 피아노 트리오를 하던 친구들에게 양해를 구하고 두 건의 반주를 포기해야 했다. 약속 장소도 우리 집 서교동에서 꽤 멀리 떨어진 종로. 그가 근무하는 대학 병원 근처였다. 여러모로 마음이 내키지 않았다. '내가 왜? 거기까지 가야 하지? 이 시간에 연주하면 재밌고, 용돈도 생기는데 남색 재킷을 걸치며 투

덜거렸다. 엄마는 "인턴이라 잠도 걸어 다니며 잔다더라. 네가 좀 이해해라." 하셨지만, 괜히 내가 '을'이 된 기분이었다. '바쁜 사람이 뭘 누구를 만난대?' 속으로 툴툴거리며 약속 장소로 향했다.

그는 약속 시간보다 30분쯤 늦게 도착했다. 기다리는 동안 속이 부글부글 끓었다. 그때는 핸드폰도 없던 시절이라 자리를 박차고 나가고 싶었지만, 그럴 수도 없었다. 숨을 몰아쉬며 들어선 그의 첫인상은 별로였다. 샤프한 얼굴에 공부만 파고들었을 것 같은 책벌레 스타일이라 멋도 낭만도 모를 것 같았다. 잠시 후 어른들은 자리를 떴고, 우리 둘만 남았다. 할 말은 왜 그렇게도 없는지, 공통의 화제를 찾을 수가 없었다. 30분 정도 시답잖은 일상만 주고받다가, 그는 다시 병원에 환자를 보러 간다고 미안해하며 일어섰다. 공부는 잘했을 것 같고, 눈빛은 날카로운 사람. 그 인상만 남기고 헤어졌다. 집으로 돌아오는 버스 안에서 생각난 건, 취소한 결혼식 반주가 아깝다는 생각뿐이었다.

그런데 인연이란 게 참 묘하다. 그 다음 주, 그가 정식으로 다시 만나자고 연락했다. 지난번엔 너무 바빴던 날이라 실례했다는 말과 함께. 이번엔 그가 우리 동네로 왔다. 늘 진지한 그와 천성이 밝은 나. 달라도 한참 다른 두 사람. 그게 서로에게 호감이 되어 그의 성실한 구애 끝에 석 달 후에 약혼하고, 여섯 달이 되면서 결혼했다.

그리고 며칠 전, 결혼기념일 아침에 받은 그의 편지. "우리가 만들어 낸 삶이 항상 자랑스럽다. 서로 다름에서 만들어 낸 우리들의 삶. 그것은 오묘하다는 생각이 든다. (중략) 전혀 나와 다른 청순하고, 무척이나 나에게는 과분한 착하고 아주 예쁜 소녀, 나에게 청량감을 주는 그런 소녀. 그런 느낌은 아마도 지금의 당신과 겹쳐져 있는 생각이다."

결혼식 반주를 포기하고 마주했던 첫 만남. 매사에 진지하고 융통성이 없어 답답했던 시간. 무한 긍정인 나와 비관적인 그. 서로 다른 걸음으로 때론 비틀거리며, 때론 앞서거니 뒤서거니 하며 걸어온 길이었다. 이제는 커피 한 잔도 잠 못 잘까 봐 망설이는 나이가 되었지만, 여전히 함께 걷고 있다. 다르지만, 조금씩 서로를 닮아 가며, 조화로운

삶을 만들어 가는 중이다. 그리고 이제는 안다. 그 다름이
야말로 더 멋진 그림을 완성해 준다는 것을. 소녀 같던 그
시절의 나와, 지금의 나를 한결같이 품어 준 책벌레인 당
신. 그 시간 모두에 고맙습니다.

할머니의 나무바가지

오래된 나무바가지. 아마 100년은 족히 되었을 것이다. 정원에 핀 장미 말린 것을 가득 담아 두었는데, 투박한 결이 드라이플라워와 딱 어울린다. 지금 봐도 하나도 촌스럽지 않고, 세월이 다듬어 놓은 듯한 깊은 맛이 있다. 할머니, 엄마, 그리고 나에게까지 이어진 물건이다. 할머니의 손때가 묻은 이 나무바가지를 볼 때마다 그 시절의 할머니가 지금도 내 삶을 지켜보는 듯 든든하고 따뜻하다. 오래된 물건이 주는 다정한 위로일지도 모른다.

십 년 전쯤이었다. 한국에 계신 친정 엄마가 급히 전화

하셨다. 집을 정리하는데 엄두가 나지 않으니 도와주면 좋
겠다는 말씀이었다. 엄마는 평소에도 물건을 잘 버리지 못
하시는 분이라 내가 한국으로 가서 도왔다. 버릴 것은 과감
히 버리고, 입지 않은 옷과 이불, 미사용 가전제품과 부엌
용품은 여러 시설에 기부했다. 그런데 정작 고민이 되었던
건, 대대로 내려온 동양화와 병풍이었다. 엄마는 방 하나에
이 그림들을 가득 채워 놓으셨는데, 동생과 함께 살게 되면
서 더는 그 공간을 유지할 수 없게 된 것이다.

엄마는 내가 이 그림의 일부라도 가져가길 바라셨지만,
이상하게도 마음이 가지 않았다. 분명 가치 있는 작품들인
데 그 안에서 특별한 감정을 느낄 수 없어서였다. 결국 이
그림들은 여러 절차를 거쳐 안국동에 있는 고서화 경매에
일괄 출품했다. 대가로 제법 많은 돈과 작품이 실린 도록을
받았다. 서운해하시던 엄마도 '그 많은 것을 어디에 두냐?'
는 설득에 일단락을 지었다.

마지막으로 남은 건 할머니가 쓰시던 여러 생활용품이
었다. 망태, 나무바가지, 떡살, 함지박 같은 것들. 엄마는

"아파트라 별로 쓸 일이 없다."라며 난감해하셨는데, 나는 그 낡고 소박한 것들에 오히려 마음이 끌렸다. 할머니의 삶이 담긴 물건들에서 화려한 그림보다 더 큰 가치와 진정성을 느꼈달까. 할머니의 손때가 묻어 있고, 온기가 아직도 살아 있는 듯해서다.

"엄마, 내가 미국으로 가져갈게요." "비싼 그림들이나 가져가지. 뭐 이런 것들을 가지고 가냐?"

"아니요. 저는 그림보다 이런 게 더 좋아요. 할머니 생각도 나고, 잘 사용할 것 같아요." 그렇게 가져온 할머니의 흔적들을 볼 때마다 어린 시절로 돌아가곤 한다.

그때에는 '유경'이란 예쁜 아명이 있는데도 다들 '복덩이'라 불렀다. 엄마의 간절한 기도와 사연이 담긴 별명이다. 엄마는 첫아이를 낳자마자 잃고, 오랫동안 아이가 생기지 않았다. 시부모님의 눈치가 보여 "제발 아들이든 딸이든 낳게 해 달라."라고 매일 새벽 기도를 다니셨다고 한다. 기도 덕분인지 엄마는 집이 활활 불타는 꿈을 꾸고 나를 가지셨다. 정말 태몽처럼 내가 태어나면서부터 가업이었던 작은 약국이 불같이 일어나기 시작했다. 그리고 엄마는 내 밑으로 아들 둘을 연이어 낳으셨다. 조부모님은 내가 집안의 복을 불러왔다고 믿으며 '복덩이'라며 특별히 귀하게 여겨 주셨다. 딸보다 아들을 대접하던 시절이었지만, 할머니는 나를 늘 우선순위에 두셨다. 좋은 것이 생기면 먼저 주셨고, 개구쟁이 남동생이 괴롭히면 호통을 치셨다. 유치원에 가기 전까지 매일 사이좋은 조부모님 사이에서 잠을 자며 사랑을 듬뿍 받곤 했다.

어느 여름날의 기억은 지금도 생생하다. 다섯 살쯤이었을까. 새벽 예배를 다녀오신 할머니가 뒤주에서 쌀을 푸시는 소리에 잠에서 깼다. 그날따라 바가지에 사르륵 쌀알 떨어지는 소리가 마치 빗방울이 땅을 적시는 소리 같았다. 잠이 덜 깨 눈을 비비는 나에게 "우리 복덩이 배고파서 일찍 일어났네." 하시며 지으신 하얀 밥. 내 고향 목포의 싱싱한 조기 구이가 함께 있었다. 할머니가 가시를 발라 모락모락 김 나는 밥 위에 올려 주었던 정겹고 따스한 시간이었다. 마음속 기억이 말을 걸어서일까. 오래된 것들은 이렇듯 다정한 위로가 된다. 할머니의 손때가 묻은 나무바가지처럼.

오랜만에 불러보는 할머니. 정순례 권사님.

이 바가지를 볼 때마다 할머니가 "우리 복덩이!"라며 부르시는 듯 든든하고 반갑습니다. 엄마 물건 정리할 때 그림 대신 가져오기 참 잘했지요. 덕분에 잊고 지냈던 사랑을 다시 만납니다. 그 시절로 다시 돌아간다면, 할머니 꼭 안아 드리고 싶어요. 감사합니다. 그리고 보고 싶습니다.

서른 살의 나에게 보내는 편지

그동안 나는 글을 쓰며 잊고 지낸 그리운 사람들을 여럿 만났다. 그들은 빛바랜 사진 속의 얼굴처럼, 혹은 아련한 노랫말처럼 기억 속에서 불쑥불쑥 나타나곤 했다. 좋았던 관계, 아쉬웠던 만남, 아팠던 이별의 시린 흔적까지 모두. 마음속에 오래 묵혀 둔 말들을 글 속에서 나누고 나니 깨끗한 물로 씻은 듯 어느 정도 개운해졌다. 그리고 그들 틈에 조용히 숨어 있던 또 한 사람. 누구보다 나를 가장 가까이서 지켜본 친구이자, 오랫동안 잊고 지낸 사람. 이제 그녀에게 말을 걸어 보려 한다. 어쩌면 글을 쓰며 가장 만나고 싶었을지도 모를 서른 살의 나에게.

요즘 나는 바쁘지만, 더없이 행복한 하루하루를 보내고 있어. 아침 햇살이 창가를 넘어올 때쯤이면, 나는 책상에 앉아 3시간 이상 꼼짝하지 않고 글을 쓴단다. 머리를 쥐어짜기도 하고, 문장이 꼬여 한숨도 푹푹 쉬면서 말이야. 키보드 자판 소리만이 가득한 공간에서 온전한 내가 되어 삶을 바라보고 있어. 서른 살 때엔 글을 쓰며 인생 후반기를 살아가리라고는 꿈도 못 꿨는데 말이야.

오전 8시. 지금 너는 한창 바쁜 시간일 거야. 밥솥에서 김이 뿜어져 나오는 소리, 토스터기에서는 빵이 튀어 오르고, 남편의 출근 준비가 뒤섞인 작은 소음 속에 있겠지. 여섯 살과 세 살 두 아이를 유치원과 유아원에 보낼 준비를 하며 숨 가쁘게 움직일 거야. 큰아이는 말을 잘 들었지만, 둘째는 부산해서 너를 더 힘들게 했잖아. 노란색 티셔츠에 초록 반바지, 원복을 입히며 수도 없이 타일렀지. '친구들과 사이좋게 지내라. 선생님 말씀 잘 들어라. 재미있게 놀다 와라.' 온갖 바람을 담아, 간절하게.

오전 9시. 아이들을 보내고 나면, 너는 서둘러 외출 준비를 했지. 집에서 사당동까지 버스를 타고, 다시 안양에 있는 대학으로 출근해야 했으니까. 그 길을 너는 은근히 좋아했어. 버스 차창 밖을 보며, 상상의 날개를 펴기도 하면서 말이야. 서른 살의 너는 감수성이 남달랐어. 마음에 뭔가 늘 아픈 기억을 가득 둔 사람처럼, 맑은 날에도 이유 없이 슬펐고, 웃어도 마음 한구석은 늘 시려 왔지. 그때의 너를 만나면 안아 줄 거야. 이유 없이 울어도 괜찮다고. 그저 마음속에 쌓인 그리움과 외로움이 잠시 흘러나온 것뿐이라고.

오후 3시. 점심도 거른 채 학생들을 가르치다 아이들의 하원 시간이 가까워지면 마음이 급해졌지. 가끔 학생들이 사다 주는 빵 한 조각으로 버틸 때도 많았어. 점심 먹는 시간도 아낀다면서. 집에 가는 길에 분식점에서 나는 맛있는 냄새가 유혹했어도 아이들이 집에 올 시간이라 그냥 지나치곤 했어. 네 하루는 늘 부족하고 빠듯했지만, 누구보다 성실했지. 한 번도 지각하거나 결근하지 않았으니까.

오후 5시. 아이들을 데리고 집에 오면 진짜 전쟁이 시작됐지. 저녁 준비를 하고, 집 안을 정리하고, 울다 웃다 뛰어다니는 녀석들을 달래며 정신이 쏙 빠졌어. 남편이 오면 잠시 교대를 하지만, 그도 잠시. 천상 부지런한 너는 집안 곳곳과 두 아이를 살피느라 밤늦게까지 분주했지.

드디어 밤 10시. 아이들을 재우고, 불이 꺼진 집 안. 식탁 의자에 털썩 앉아 멍하니 앉아 있던 너를 기억해. 하루의 쉼이 아니라 공허함만이 느껴졌던 그 시간 말이야. 그 순간에도 너는 네 마음을 들여다보려고는 안 했어. 글이라도 썼다면 많은 위안이 되었을 텐데. 그때는 외로움이 몰려올까봐 두려웠어? 아니면 그조차도 숨기고 싶었어?

서른 살의 너는 무조건 최선을 다해야만 한다고만 생각했어. 그 하루하루가 얼마나 힘들고 고단했는지는 살피지도 못한 채 말이야. 게으르면 죄를 짓는 것 같다고 늘 자신을 들볶았어. 그래야 착한 딸로, 좋은 며느리로, 그리고 아내, 엄마로. 다양한 너의 역할을 잘할 수 있다고 느꼈잖아. 마음속에 풀리지 않은 여린 감정들은 그냥 둔 채로 말이야.

오직 앞만 보고 달렸지. 뒤돌아보면 큰일 나는 줄 알고. 그렇게 살지 않아도 달라질 게 없었던 것을.

한편으론 그 치열했던 하루하루가 지금의 나를 만들었다는 생각도 들어. 네가 견뎌낸 그 시간 덕분에 늦게라도 나를 찾고, 좋아하는 일을 할 수 있게 되었으니 말이야. 이제는 너의 손을 꼭 잡아 주고 싶어. 그 모든 고단함을 무릅쓰고 여기까지 와 줘서 정말 고맙다고. 네가 그토록 외면했던 마음속 빈 공간도 조금씩 채워지니 여간 감사한 게 아니야.

그립고 보고 싶었던 서른 살의 나야. 만나서 반가웠고, 이젠 많이 홀가분해졌어. 계속해서 나는 네가 미처 하지 못했던 것들을 차근차근 해 보려고 해. 마음속 깊은 곳에 숨겨 둔 감정들과도 대화하고. 아무것도 하지 않고 가만히 앉아 있는 시간도 자주 가져 볼게. 네가 그토록 두려워했던 '쓸모없는 시간'이 얼마나 소중한지 이제야 알게 됐거든. 그리고 무엇보다 글을 계속 쓸 거야. 그리움도, 아픔도, 기쁨도 흘려보내지 않고, 단단한 이야기로 만들어 보고 싶어. 지금도 네가 그 식탁 앞에서 느꼈던 공허함이 찾아올 때가 있어. 하지만 이젠 그 감정도 피하지 않고, 들여다볼 거야. 이 모든 성찰이 먼 미래의 나에게 또 다른 위로가 되기를 바라면서 말이야. 언젠가 글에서, 삶에서 따스한 기억으로 다시 만나기를.

서로의 복이 되어 가며

그저 그런 일상이 행복이더라

아픈 날의 장미 향

오해가 이해될 때

계획대로 되지 않아 다행이야

다시 설렘으로

내 인생의 다음 장을 열며

캘리포니아까지 날아간 작은 꿈

4장
행복한 정원사의 꿈 꾸는 오후

서로의 복이 되어 가며

"복 받을 겨." 나직한 충청도 사투리로 건넨 택시 기사님의 한마디가 그날 하루를 뜻밖의 행운으로 바꾸어 놓았다.

몇 해 전 가을, 한국을 방문했을 때였다. 친구와 속리산에서 단풍 구경을 하고 근처 호텔에서 1박을 했다. 다음 날 아침, 서울로 바로 돌아가기가 아쉬워 청주 인근 관광지 한 곳을 더 들르기로 했다. 여행 블로그를 찾아보니 '청남대'를 추천하는 글과 사진이 많았다. 우리는 그곳을 목적지로 정하고 대중교통편을 알아보았다. 거리는 가까웠지만 여러 번 갈아타야 하는 번거로움이 있었다. 그래서 인근의 콜택시 회사에 문의하니 청남대까지 데려다 줄 개인택시를 보내주었다. 실내에 먼지 하나 없이 깨끗하게 관리된 차였다.

목적지까지 가는 길 내내 기사님은 관광지 이야기도 들려주고, 경치가 좋은 곳에서는 사진 찍으라고 차를 여러 번 세워 주기도 하셨다. 친절하고 자상한 기사님 덕분에, 청남대에 도착하자 우리는 차비에 수고비를 조금 더 보태서 드렸다. 많은 금액은 아니었는데 아저씨는 "복 받을 겨."라며 무척이나 고마워하셨다. 마치 오래전부터 알고 지낸 지인이 건네는 인사처럼 구수하고 다정해서 미소가 절로 나왔다. 우리도 함께 '기사님도 복 많이 받으세요!' 하고 헤어졌다. 무심코 받은 덕담 한 마디였지만, 뭔가 좋은 일이 생길 것만 같았다.

청남대는 '따뜻한 남쪽'의 '청와대'란 이름답게 널찍한 조경과 수만 가지의 꽃이 정갈하고 아름다웠다. 특히 대청호가 보이는 산책로는 알록달록한 낙엽과 함께 가을의 정취가 진하게 느껴졌다. 우리는 호숫가 벤치에서 학창 시절의 재미난 추억을 나누며 정다운 시간을 보냈다. 관람을 끝내고, 서울 가는 시외버스를 타려고 '청주 버스 터미널'까지 데려다줄 택시를 부르고자 콜택시 회사에 연락했다. 그러나 한결같이 관광객들이 너무 많아 차가 밀리고 복잡해서 못 온다는 말만 되풀이했다. 게다가 시내까지 가는 대중교통은 주말에만 운행한다고 했다. 날이 어둑어둑해지니 점점 초초해졌다.

순간, 아침에 기사 아저씨가 건넨 "복 받을 겨!" 한마디가 떠올랐다. 이상하게도 마음이 차분해졌다. '뭐! 어떻게든 되겠지.' 하면서 주위를 살피는데, 50대와 20대 후반으로 보이는 모녀가 다정하게 이야기하며 주차장을 향해 걸어가고 있었다. 상황이 급한 터라, "저기요, 혹시 저희를 택시 타는 곳까지 데려다주실 수 있을까요?"라고 용감하게 물었다. 모녀는 조금의 망설임도 없이 "아! 그럼요. 마침 청주로 나가는 길인데 모셔다드릴게요." 하는 게 아닌가. 고맙고 미안해하는 우리에게 "부담 없이 마음 편하게 타세요." 하더니 "평소에 좋은 일을 많이 하셨나 봐요."라며 자신의 이야기를 꺼냈다.

살면서 '누군가에게 복을 베풀면, 돌고 돌아 결국 내가 다시 받는 경험을 자주 했다'고 했다. 그래서 조금 불편하더라도 다른 이를 도울 수 있는 일은 즐겁게 돕는다면서. 그들도 오랜만에 만나 방해받지 않고 좋은 시간을 보내고 싶었을 것이다. 낯선 사람과 갑자기 어색한 시간을 보내기로 한 건 쉽진 않은 결정이었으리라는 것을 안다. 그럼에도 평소의 '나누는 삶' 덕분에 기꺼이 도움을 준다는 말이 감동이었다. 차 안에서 그들의 이야기를 들으며 나도 모르게 고개가 끄덕여졌다. 아침에 기사님께 전했던 작은 감사의 마음이, 저녁에는 모녀의 따뜻한 마음으로 되돌아온 셈이었다. 그 인연 덕분에 우리는 '청주 버스 터미널'까지 이런저런 세상 사는 이야기를 나누며 편하게 갈 수 있었다. 감사한 마음에 식사비를 좀 드렸는데 끝까지 안 받으시길래 뒷좌석에 가만히 놓고 내렸다.

"말이 씨가 된다."는 속담처럼, 아침에 청남대에 데려다준 기사 아저씨의 "복 받을 겨!"란 말 덕분에, 정말 복 받은 하루가 되었다. 뉴욕에 돌아온 뒤, 작업실에서 수국으로 감사 카드를 만들며 생각했다. 주소를 모르는 그분들께 전할 수는 없지만, 마음만은 이미 닿아 있을 것이다. 앞으로 누군가 내게 조심스럽게 도움을 청한다면, 나도 미소 지으며 대답해야겠다. "그럼요." 라고. 작은 덕담 하나, 짧은 미소 하나가 누군가의 하루를 밝히고, 다시 내게 돌아와 또 다른 행운이 될 테니까. 그렇게 우리는, 서로의 복이 되어 가나 보다.

그저 그런 일상이 행복이더라

한국에 있는 친구와 새해 안부 전화를 하고 있었다. 요즘 어떻게 지내냐고 물으니, "맨날 똑같지 뭐. 그저 그렇지!"란 대답이다. 아프거나 큰일이 없어 다행이고, 단조롭지만, 무사해 보여 안심했다.

뉴욕 날씨가 몹시 추웠던 날이다. 올해엔 기다리던 눈은 오지 않았어도 날씨는 그런대로 견딜 만했다. 그런데 갑자기 기온이 내려가자, 매일 루틴인 '공원에서 걷기'도 하기 싫었다. '이렇게 추운데! 딱 오늘 하루만 쉬자!'란 달콤한 속삭임에 마음이 흔들릴 뻔했다. 잠시 망설이다가, 얼른 긴

패딩을 입고, 털모자와 겨자색 털장갑을 끼고 집을 나섰다.

우리 동네엔 특별하지 않지만, 자주 다니는 세 곳의 공원이 있다. 각각 특징에 따라 호수 공원, 바닷가 공원, 언덕 공원이란 이름을 붙였는데, 이날은 남편과 호수 공원을 걷기로 했다. 여느 때처럼 차를 공원 앞에 세우고 좁은 입구로 들어섰다. 시시각각으로 변하는 자연을 느낄 수 있는 이 순간은, 그리운 친구 만나러 가는 길처럼 설렌다. 지금은 미처 못 치운 낙엽이 가득하지만, 지난 여름엔 상쾌한 숲 내음이, 이른 초봄엔 연둣빛 향이 반겼다.

서서히 호수로 향하는 나무 계단을 내려가니, 수척해진 나무 사이로 유난히 파란 하늘이 눈에 들어왔다. 보통은 자전거를 타거나 걷는 사람도 많은데, 추워서인지 인기척이 없다. 간혹, 호수를 망원 카메라로 담는 사람의 낙엽 밟는 소리만 공허한 메아리처럼 들릴 뿐이다. 따뜻한 코코아라도 보온병에 타 올 걸 후회하며 남편과 이런저런 이야기를 나누면서 호수 둘레길을 걷기 시작했다.

요즘은 주로 일상의 글쓰기나 책 이야기를 나눈다. 한참을 내가 묻고, 남편이 답하다가, 신년 북 클럽 모임에서 만난 신입 회원 이야기로 흘러갔다. 잔잔한 미소에 따뜻한 아우라가 느껴지는 분이었는데, 알고 보니 '여류 시인'이었다. '역시 글 쓰는 사람은 분위기가 다르다니까'라고 자랑하듯 말하는 그때, 한발 앞서 걷던 남편이 갑자기 하늘을 가리켰다. 우두머리 철새가 앞장을 서고, 그 뒤로 V자로 군무하듯이 하늘을 수놓고 있었다. 서로 약속이나 한 듯이 간격을 맞춰 가는 모습이 '국군의 날'에 공군이 비행하는 모습처럼 일사불란하다. 일제히 호수로 직진하는 모습을 넋 놓고 보며, 조금 더 걸어가자 낮은 관목 사이로 크고 작은 오리와 이름도 모를 물새들이 연잎처럼 떠 있다.

호수에는 도무지 현실감이 느껴지지 않는 풍경이 아름다운 영화의 한 장면처럼 펼쳐져 있었다. 윤슬이 황홀하도록 근사해서 하마터면 사진 찍다가 호수로 발을 헛디딜 뻔했다. 백조 한 쌍은 다정하게 부리를 비비며 물속을 오가고 있었다. 매서운 날씨라고는 믿기 어려울 만큼, 그 모습이 따뜻하게 느껴졌다. 자주 찾는 동네 공원이지만, 평소엔 보지 못하던 모습을 이 한겨울에 선물하다니! 혹시 찾아 주는 이들에게 보내는 작은 감사의 인사일까? 예상치 못한 자연의 경이로움을 마주하니, 행복도 습관을 지켜 온 이에게 주어지는 뜻밖의 선물이라는 생각이 든다. 매일의 루틴 덕분에 이 특별한 순간을 놓치지 않을 수 있었다.

애서가 이동진 작가는 '행복이란, 반복되는 소소한 일상에 있는 일들'이라고 한다. '좋은 습관을 지니는 게 최상의 행복 기술'이란 설명이다. 패턴화된 습관의 중요성이랄까. 행복은 평범하고 그저 그런 익숙한 일상에 있음을 다시 깨닫는다. 매일 걷는 공원에서, 가족과 함께하는 밥상에서, 새벽 미명에 홀로 책상에 앉아 있을 때 느끼는 편하고, 충만한 감정이다. 겨울에 아름다운 풍경을 보여 준 자연을 보며 또 하나의 '작은 행복'을 가슴에 담고 집으로 돌아왔다. 추워도 공원에 다녀오길 잘했다!

아픈 날의 장미 향

장미의 계절이다. 장미를 심은 지3년 차가 되자 얼마나 화려한지 매일 설레는 시간을 보내던 중이었다. '장미에 대한 글을 써야지' 하며 다양한 장미 사진도 모으고 있었다. 그런데 갑자기 급성 위궤양에 감기 몸살까지 겹쳐서 장미는 내 관심 밖으로 순식간에 밀려났다. 지난 일주일 동안 눈앞에 보이는 건 예쁜 장미꽃이 아니라 체온계, 혈압계, 그리고 가족의 근심 어린 눈빛뿐이었다. 다시는 경험하고 싶지 않은, 장기가 뒤틀리는 듯한 고통과 아무것도 할 수 없는 무력감에 빠졌다. 늘 하루의 루틴을 철저히 지킨다는 자부심은 저 구석으로 매몰차게 내동댕이쳐졌다. 그동안 써 오던 글과 취미 생활은 무슨 의미가 있는지. 철부지 어른의 한가한 속없음 같았다.

이렇게 된 원인은 분명하다. 조금씩 즐겁게 해 오던 일이 점점 확장되었고, 바빠지는 흐름 속에서 식사를 제시간에 못 했거나 안 했기 때문이다. 커피 한 잔으로 오후까지 버티다 정작 음식이 들어가니 위가 감당을 못 했다. 예전에도 한두 번 크게 아픈 적이 있었는데, 그걸 잊고 다시 반복하고 말았다. 나이는 숫자일 뿐이라고 자신을 밀어붙인 나. 지금 생각하면 참 무모했다.

3일 차. 계속되는 열과 구토로 제대로 걷지도 못하자 결국 남편이 응급 간호사를 불렀다. 미국에서는 일반인도 간호사를 집으로 부를 수 있는데 대신 출장비가 만만치 않다. 그 비용이면, 바하마 크루즈를 부부가 함께 다녀올 수 있고, 내가 그토록 좋아하는 데이비드 오스틴 장미를 20주는 살 수 있었는데. 미련 곰탱이 같으니라고. 미국 고전 영화 속에서나 본 듯한, 듬직하고 상냥한 흑인 간호사가 각종 검사를 하며 위로의 말을 다정스럽게 건넸다. 평소 정상이던 혈압은 155까지 올랐고, 맥박은 110을 넘었다. 몸이 꽤 크게 고장 난 상태였다. 수액을 맞고 있는 동안 이런저런 생각이 들었다. 이러다 갑자기 죽으면 어쩌지? 유언장이라도 정식으로 써 놔야 했는데. 꽃을 만질 게 아니라 중요한 일들을 야무지게 마무리해야 했는데. 그동안 나는 어디에서 뭘 하고 있었던 걸까? 별의별 후회가 머릿속을 스쳤다. 그래도 간호사가 옆에서 지켜 주고 수액 두 개를 맞고 나니 얼굴에 혈색이 살짝 돌아왔다. 바싹 말라 터지고 갈라졌던 입술도 조금 촉촉해졌다.

4일 차. 기운이 조금 돌아오자, 마음이 차분해져 며칠째 못 읽던 책에 손이 갔다. 침대에서 몸을 일으켜 요즘 읽고 있던 이태준의 『무서록』을 다시 펼쳤다. 그런데 하필 '병후'라는 문장이 눈에 들어왔다. 건강한 때 그 머리로 쓴 것 중에도 훗날 생각하면 '이걸 소설이라고 썼나' 싶은 게 많다는 구절이었다. 조용히 아픈 데를 짚어 주는 말 같았다. 몸이 아프고 마음이 가라앉을 때 써 내려간 문장이, 오히려 더 정직하고 깊을 수도 있단 생각이 들었다. 건강한 날엔 자신도 눈치채지 못했던 허세와 과장이, 병상에서는 좀 더 선명하게 느껴졌달까.

　이렇듯 열심히 살다가 한 번씩 강제로 멈춰지는 순간이 있다. 미리미리 예방하면 좋겠지만, 몸이 먼저 멈추고 나서야 마음이 뒤늦게 반응한다. 그 덕분에 내가 어디쯤 와 있었는지를 돌아보게 되었다. 무엇이 지나쳤고, 무엇이 소중했는지. 그리고 그 사이에서 나는 무엇을 놓치고 있었는지를. 며칠 동안 침대에 있다가 뒷마당으로 나가니 장미는 여전히 화려하게 피어 있었다. 내가 멈춘 시간 동안에도. 고요하고 당당하게, 자기 몫의 계절을 살아가고 있다.

　인생도 늘 그랬다. 누구에게 보여 주려 하지 않아도 때가 되면 피기도 하고, 지기도 하면서. 오랜만에 장미를 꺾어 책상 앞에 앉아 작은 호사를 누렸다. 머리는 아직도 멍하고 컨디션도 완전하진 않지만 회복되고 있음에 감사하다. 오늘은 장미 향만 즐기자. 아무 생각 말고.

오해가 이해될 때

지난봄 인천 공항에서였다. 엄마가 갑자기 넘어지셔서 한국에 한 주 동안 머무르다 뉴욕 집으로 돌아오는 길이었다. 다행히 엄마는 건강이 많이 회복되었지만, 나는 며칠 동안의 간병 피로가 쌓였는지 정신이 몽롱했고 다리는 천근만근 무거웠다. 일찌감치 공항에 도착해 탑승구 근처에 자리를 잡았다. 마침, 스타벅스가 바로 앞에 보여 얼마나 반갑던지, 평소에 마시지도 않던 달달한 캐러멜 아이스 라테를 들고 자리에 돌아왔다. 시원하고 달콤 쌉쌀한 커피 한 모금이 들어가자 조금씩 정신이 들기 시작했다.

그때 반대편에서 아이들의 울음과 짜증이 뒤섞인 소란스러운 소리가 들려왔다. 무심코 시선을 돌리자, 30대 후반쯤으로 보이는 젊은 부부와 두 여자아이가 눈에 들어왔다. 아이들은 두 살, 네 살 정도였고 그들 앞에는 '부산행 환승'이라고 적힌 작은 표지판이 놓여 있었다. 아마 미국 어딘가에서 도착해 국내선으로 갈아타려고 기다리는 중인 듯했다. 아이들은 이미 장기간 비행에 지친 기색이 역력했고, 아빠는 연신 아이들을 달래고 짐을 챙기느라 정신이 없어 보였다. 반면, 아내는 멍한 표정으로 앉아 있을 뿐이었다.

나는 속으로 '요즘은 아빠들이 더 고생이네!' 하면서 아내의 행동이 못마땅했다. 젊은 아빠가 혼자 분투하는데 왜 저렇게 아내는 무심한 걸까. 조금만 도와주면 좋을 텐데. 아이들이 20여 분 동안 징징거리는데도 그녀는 눈길 한번 주지 않았다. 그는 한참을 혼자서 아이들을 보살피다가 잠시 화장실에 다녀온다며 자리를 비웠다. 나는 호기심과 관찰자의 시선으로 그 가족을 유심히 지켜봤다. '이제 엄마가 아이들을 돌보겠지?' 하는 기대를 하며.

　그러나 아이들은 여전히 칭얼거리고 있었고, 엄마의 모습도 그대로였다. 투정을 멈추지 않자 그제야 엄마가 조심스럽게 아이들을 안아 주었다. 그 순간, 눈이 퉁퉁 부은 그녀의 얼굴이 보였다. 몸도 마음도 지쳐 보이는 젊은 엄마의 모습. 어디가 아팠던 걸까? 하면서 계속 바라보게 됐다.

　그러던 중 그녀가 아이들의 머리를 쓰다듬으며 혼잣말처럼 말했다. "할아버지가 갑자기 하늘나라에 가셨대. 그래서 엄마가 많이 슬퍼." 젊은 엄마의 마른 어깨는 가늘게 떨리고 있었다. 오랜 비행으로 누렇게 뜬 얼굴은 울먹이는 눈빛과 함께 더 애처로워 보였다. 그녀는 지금, 사랑하는 아버지를 잃은 딸이었다. 그제야 모든 상황이 이해됐다. 갑작스럽게 아버지의 부음을 듣고 온 듯한 정신없는 모습. 무기력한 표정. 그녀의 침묵이 모두 이유 있는 것이었다. 조금 전까지 내가 가졌던 선입관과 잘못된 시선이 부끄러웠다. 그들 가족이 부산행 탑승구로 향하는 뒷모습을 바라보며, 나는 미안한 마음과 함께 위로를 보냈다. 보이는 것이 전부가 아니었구나.

뉴욕으로 돌아온 후, 산책을 하는데 공항에서의 그 장면이 문득 떠올랐다. 얼마 전 류시화 작가님의 『좋은지 나쁜지 누가 아는가』에서 읽었던 한 구절이 겹쳐 다시 책을 펼쳐 보았다. "당신이 만나는 모든 사람은 당신이 알지 못하는 상처를 가지고 있다. 따라서 서로에게 친절해야 한다. 다른 사람을 함부로 판단해서는 안 된다. 누구나 저마다의 방식으로 삶을 여행하고 있기 때문이다."(P48)

삶은 겉보기에는 잔잔해 보여도 그 아래엔 누구도 알지 못하는 파도가 일렁이고 있다. 어쩌면 깊은 수렁 속에서 허우적대고 있을지도 모른다. 한번 본모습만으로 누군가의 삶을 단정 지을 만큼, 우리는 타인에 대해 충분히 알지 못한다. 그래서 더 천천히 바라보고, 부드럽게 이해하려는 마음을 잊지 말아야 한다. 말 없던 얼굴, 움직이지 않은 몸짓에도 내가 모르는 힘든 사연이 있었던 것처럼. 너무 뻔해서 자주 잊는 진실을 공항에서 다시 마주했다.

우리는 각자 다른 여정을 걷고 있으며, 그 길에는 보이지 않는 상처와 아픔이 함께한다는 것 또한 잊지 말아야겠다. 타인의 행동을 판단하기 전에 잠시 멈추어, 그들의 마음을 헤아려 봐야지. 오해가 이해로 바뀔지도 모를 일이다.

In Memory

계획대로 되지 않아 다행이야

2년 전 어느 주말, 딸들이 남편과 나를 위해 작은 파티를 열었다. 아버지의 날이기도 했지만, 새로 꾸민 차고 작업실을 축하하는 자리이기도 했다. 딸과 사위가 "빈티지한 카페 같다."라고 감탄을 연발하니 지난 몇 달의 노력이 한순간에 보상받는 기분이 들었다. 아이러니하게도 이 공간은 계획대로 되지 않아서 완성될 수 있었다.

그동안 소품을 만들고 반려 식물을 키우기 시작하며 언젠가부터 집이 점점 좁아졌다. 물건이 쌓이자 답답했지만, 다 필요한 것이어서 쉽게 버릴 수도 없었다. 심각하게 이사를 고민했지만 나의 취미 생활 때문에 집을 옮길 수도 없는 노릇이었다. 그러던 어느 날, 창고로만 쓰던 오래된 차고가 눈에 들어왔다. '여기를 작업실로 만들면 어떨까?'란 생각이 들었다. 가장 먼저 눈에 거슬린 것은 고장 나서 찌그러진 알루미늄 차고 문이었다. 유리문으로만 바꿔도 밝고 따뜻한 공간이 될 것 같았다. 여러 전문 업체에 견적을 문의했더니 비용이 5천 달러가 넘었다. 부담스러운 금액에 바로 포기했다. 다음에는 홈 디포(Home Depot)에 알루미늄 문을 주문했는데, 배송이 계속 미뤄지다 결국 품절이 됐다. 또 계획에 차질이 생겼다. 이번에는 실망하기보다는 좋은 방법을 찾아보려 했다. 늘 그래 왔듯, 일이 어긋난 듯 보여도 결국엔 우리를 더 나은 방향으로 이끌곤 했으니까.

남편과 오랜 상의 끝에 우리는 직접 문을 만들기로 했다. 내가 디자인을 맡고, 남편이 제작을 담당하기로 했다. 나는 예전에 잡지에서 본 유럽 시골의 카페 문을 떠올리며 나무 격자문을 스케치했다. 이것을 본 남편은 "이걸 내가 만들라고?" 하며 어이없다는 표정을 지었지만, 곧 유튜브를 보며 연구를 시작했다. 툴툴거리면서도 남편은 결국 해 주었다. 나무틀을 짜고, 유리를 끼우고, 손잡이를 다는 일까지 모든 과정을 둘이서 직접 해냈다. 물론 순탄하지만은 않았다. 나무를 자르다 치수가 맞지 않아 여러 차례 다시 자르고, 먼지 가득한 차고에서 일하느라 후회도 됐다. 그럼에도 조금씩 완성되어 가는 모습이 그렇게 뿌듯할 수가 없었다. 갈색 페인트로 마지막 색을 입히고, 앤티크한 손잡이를 달아 주며 공사를 마무리했다.

마침내 완성된 문을 열었을 때, 잡지 속에서나 보던 예쁜 공방 같아 마음에 쏙 들었다. 총 비용은 고작 250달러. 처음 계획의 10분의 1에 불과했지만, 돈으로 환산할 수 없는 만족감과 귀한 이야기까지 남았다. 만약 그때 계획대로 알루미늄 문을 달았다면, 이런 분위기 있는 작업실로 탄생하지 못했을 것이다. 계획이 틀어져서 우리가 좋아하는 방식으로 완성될 수 있었다. 지나가던 이웃들이 "예쁘다."며 칭찬하고, 지인들은 "빈티지 카페 같다."고 한다. 그 후 이곳은 수많은 소품과 새로운 꿈이 태어나고, 자라나는 공간이 되었다.

이건 단지 차고 문만의 이야기는 아니다. 삶도 내 뜻대로 흐르지 않을 때가 셀 수 없을 만큼 많았다. 그러나 시간이 지나면서 조금씩 알게 되었다. 잘 풀리지 않던 일들 속에도 나를 이끌어 주는 이유가 반드시 숨어 있다는 것을. 돌아보면, 뜻하지 않은 길이 더 멀리, 더 좋은 곳으로 나를 데려다주곤 했다. 계획대로 되지 않아 오히려 다행이었다. 그리고 나는, 오늘도 나무문 너머의 공간에서 또 하나의 꿈을 꾼다.

다시 설렘으로

"아악! 뜨거워!"

몹시 추웠던 1월, 작업실에서 글루건을 이용해 소품을 만들고 있었다. 잠시의 실수로 순식간에 뜨거운 액체(글루)가 왼쪽 검지 손가락 손톱과 둘째 마디 사이로 흘러내렸다. 피부에 닿자마자 살이 붙어 버린 듯한 따가운 고통에 눈물이 찔끔 났다. 하지만 그보다 더 두려웠던 것은 남편의 잔소리였다. 먹고사는 일도 아닌 것에 깊이 빠져 있는 나를 자주 걱정해서다. 나는 쓰라린 고통을 꾹 참고, 아무 일도 없었다는 듯 서둘러 하던 일을 마무리했다.

이튿날이 되니 데인 곳에 길고 커다란 물집이 부풀어 올랐다. 누가 봐도 심각한 상태여서 할 수 없이 남편에게 사실대로 털어놓았다. 그런데 그는 "아휴. 아팠겠네." 하더니 "날씨가 추워서 마음이 급해져서 그랬나 보다."라며 잔소리 대신 따뜻한 위로를 건넸다. 설거지도 대신해 주고, 집 안에서 작업하라며 간이 책상까지 만들어 주었다. 뜻밖의 위로에 더 미안한 생각이 들고 동시에 스스로가 한심하게 느껴졌다.

'내가 요사이 정신줄을 놓고 사는 게 분명해!'
'글루건을 강력한 전문가용으로 살 게 아니었어!'
그런데 나는 도대체, 왜 끝없이 만들고 있는 걸까? 자책하며 스스로에게 던진 질문에 답이 바로 나오지 않았다.

그동안 200여 개의 소품을 만들면서, 취미는 또 다른 숙제가 되어 가고 있었다. '또 리스야? 또 꽃이야?' 예전 같으면 설레던 재료들이 꼭 해야만 하는 과제처럼 느껴졌다. 새로운 것을 계속 창조해야 한다는 압박감, 매일 반복되는 비슷한 소재들. 꼭 해야 할 일도 아닌데 왜 이렇게 열심히 하고 있을까. 그런 생각이 들면서 나도 모르게 예민해졌다. 아마 흔히 겪는 '취미 권태기'였을 것이다.

처음 시작으로 돌아가 봤다. 3년 전 가을, 친구와 강원도 여행을 갔었다. 속초 바닷가의 소나무 숲에서 나눈 이야기들이 뉴욕에 돌아온 후에도 계속 떠올랐다. 그때의 기분을 담아 속초와 뉴욕의 솔방울을 조명 줄로 이어 소품을 만들었는데, 그것이 나의 첫 번째 '이야기가 있는 소품'이었다. 그때는 분명 설렜다. 누군가의 얼굴이 떠올랐고, 그 사람과 나눴던 따뜻한 순간들이 손끝에서 되살아나서다. 완성된 소품을 보면 행복했고, 다음엔 누가 떠오를지 기대도 했다. 그런데 언제부터였을까. 설렘은 사라지고, 만드는 것 자체가 목적이 되어 버렸다.

손가락을 다친 후 며칠간, 나는 소품을 쳐다보지도 않았다. 그런데 이상했다. 막상 안 만드니 다시 만들고 싶어졌다. 작업실에 있는 미완성 소품을 바라보며 깨달았다. 나는 소품을 만들면서 내 방식대로 위로받고 힐링하고 있었다는 것을. 소품이 단지 예쁜 물건이 아니라, 나의 지나온 시간을, 그리고 앞으로의 시간을 연결하는 통로였다.

상처가 아니었다면, 나는 아마 창작의 고통과 권태라는 핑계 뒤에 숨어 소품 작업을 포기했을지도 모른다. 내가 지루하다고 느낀 건 반복 때문이 아니라, 초심을 잃었기 때문이었다. 그러니까 누군가와의 연결, 그 따뜻함을 잠시 잊었다. 비록 손가락엔 짙은 흉터가 생겼지만, 덕분에 잃었던 작업의 의미를 되찾았다. 이제 지루함 뒤에 숨어 있던 처음의 설렘을 다시 불러내야겠다. 201번째 소품을 향하여. 그리고 그 뒤를 이어 피어날 또 다른 이야기를 향하여.

내 인생의 다음 장을 열며

얼마 전에 우연히 읽은 문장이 있었다. "Start your next chapter!" 다음 장을 시작하세요!

평생 해 오던 일은 아니지만, 취미로 즐기던 일을 확장하려고 고민하던 나에게, 누군가가 기다렸다는 듯이 등을 가볍게 밀어 주는 것 같았다. 그동안 소품을 만들며 "가게를 오픈하라."는 권유를 자주 들었다. 인스타그램에 올리면, 판매하라는 팔로워들도 많았는데, 돈을 주고받는 게 부담스러워 애써 피하곤 했다.

그런데 세상일은 늘 그렇듯, 생각과는 달리 예기치 않은 방향으로 흘러가곤 했다. 단순히 정원에서 핀 꽃을 오래 간직하려고 시작한 드라이플라워 작업이 어느새 내 삶의 또 다른 중심이 되어 있었다. 빈티지한 질감과 시간의 깊이를 더해 생화 못지않게 매력적으로 느껴졌다. 점차 정원의 꽃뿐 아니라, 공원의 들풀, 길가 잡초까지도 훌륭한 소재로 여겨져 소품을 만들며 자주 활용하곤 했다. 세상의 모든 꽃에 나만의 색깔을 입혀 재창조하는 과정이 그토록 신날 줄은 몰랐다. 글이 마음을 성찰한다면, 소품 만들기는 잊고 지냈던 감성을 되살려 주었다.

그런 과정이 즐거워 지난 3년 동안, 드라이플라워 자격증 2개를 따고, 꾸준히 작품 활동을 이어 왔다. 차고 작업실에서 원데이 클래스도 열고, 필요한 곳엔 재능 기부도 했다. 차곡차곡 쌓이는 포트폴리오를 바라보며, 소품 만드는 일에도 서서히 자부심이 생겼다. 어느새 나는 스스로를 '감성 소품 크리에이터'라 부르게 되었다. 이제는 취미를 넘어, 좀 더 확장해서 '세상과 나누어야겠다'는 생각이 들었다. 오프라인에 가게를 내기엔 여러 부담이 되어 온라인 마켓을 통해 내 소품을 선보이기로 했다.

그래서 선택한 곳이 바로, 핸드메이드 작가들이 모여 있는 엣시(Etsy)였다. 일단 그곳에 들어가서 다른 셀러들의 소품을 보니 더 자신감이 생겼다. 이미 만들어 본 종류가 많고, 판매 가격도 예상보다 높았다.

한편으론 '시간을 너무 많이 투자하는 건 아닐까? 가만히 있지를 못한다고 하면 어쩌지?' 등 또다시 수많은 걱정이 스쳐 갔다. 그러나 이런 경험이 어디 한두 번인가? 고민할 시간에 차라리 '오픈 준비를 하자'라는 생각이 들었다. 상호를 정할 때까지도 꽤 오랜 시간이 걸렸다. 고민 끝에 'BLOOM MEMORY'로 정했다. '꽃을 통해 따뜻하고 행복한 추억을 떠올리다'(Bringing warmth & happiness through flowers)라는 의미를 담았다.

준비 과정은 생각보다 어렵고 복잡했다. 그동안 만든 드라이플라워 리스 사진을 찍고, 설명을 써서 업로드하는 데만 몇 주가 소모됐다. 작은 소품 하나 올리는 데도 질문이 족히 서른 개쯤 이어졌고, 그때마다 디지털 세상 앞에서 주눅 들어 있는 내 모습이 초라하기만 했다. 배송 옵션이나 제품 설정을 하는 데도 낯선 용어가 많아 그럴 때마다 엣시 커뮤니티와 유튜브를 몇 날 며칠 뒤져야만 했다. 많은 사람이 쉽게 하는 것처럼 보여도 그 뒤에 보이지 않는 수많은 과정이 있었음을 새삼 느꼈다.

우여곡절 끝에 온라인 샵을 오픈하고 며칠 지나지 않아 드디어 첫 주문이 핸드폰 알람에 떠올랐다. 두근거리는 마음으로 주문받은 소품을 만들었다. 감사 카드를 쓰고, 에어캡으로 한 겹 한 겹 정성껏 포장했다. 배송하기 위해 우체국으로 가는 길, 묘한 긴장감과 설렘이 교차했다. 소품을 접수하는 순간, 스스로 해냈다는 성취감이 들었다. 만약에 '귀찮다', '이 나이에', '복잡하다'며 시도조차 하지 않았다면 분명 후회했을 것이다.

돌아보면 인생의 새로운 장은 거창한 결심에서 시작되지 않았다. 낯선 상황 앞에서 잠시 멈칫하더라도 작은 용기를 내는 순간, 다음 장은 조용히 펼쳐지곤 했다. 그렇게 나의 작은 가게는 내 삶의 또 다른 이름이 되었다. 배우고 도전하면서. 그리고 오늘도, 나만의 색으로 다음 장을 써 내려간다.

m Mem

캘리포니아까지 날아간 작은 꿈

내가 만든 손바닥만 한 하트 리스. 광고 한 번 하지 않았는데 뉴욕에서 캘리포니아까지 날아갔다. 주문한 사람의 이름을 보니 독일계 미국인 같았다. 어떻게 내 소품을 알았을까. 핀터레스트의 추천 리스트였나, 아니면 엣시의 'Top Gift Shop' 알림이었을까. 뭐든 괜찮다. 받을 사람을 떠올리며 장미로 만든 하트 리스를 정성껏 포장해서 감사 카드와 함께 보냈다.

그리고 며칠 뒤, 예쁜 별 다섯 개(★★★★★)와 함께 이런 리뷰가 달렸다. "The heart wreath is exquisite and

obviously made with love. Also beautifully packaged.”
하트 리스가 너무 섬세하고, 사랑을 담아 만든 게 느껴졌다는 말. 포장도 아주 예뻤다고. 사랑이 전해졌다는 그 한 문장에, 마음 한쪽이 몽글몽글 따뜻해졌다. 내가 원하는 것도 이런 거였다. 내가 만든 소품이 누군가의 일상에서 아주 작게라도 기쁨이 되어 주는 것. 그런 바람을 담은 나의 브랜드가 곳곳에서 조금씩 퍼져 간다는 사실이 장미 첫 봉오리를 보듯 설렜다.

뭔가 해냈다는 뿌듯함과 동시에 소소하지만 확실한 깨달음이 찾아왔다. 이 모든 결과물은 혼자서 만들어 낸 게 아니었다는 것. 리스 하나가 캘리포니아까지 날아가기까지는 내 등을 토닥여 주고, 조용히 응원해 주는 많은 손길이 있었다. 이제 막 오픈한 가게를 찾아 준 고마운 마음, 별 다섯 개 리뷰로 용기를 건넨 낯선 이들, SNS에서 ‘좋아요’를 눌러 준 친구들, 그리고 무엇보다 작업실까지 만들어 준 남편까지. 수많은 이야기가 숨어 있었다.

그중 가장 오래되고도 한결같은 응원의 뿌리는 남편이

다. 그는 늘 말이 없다. 무언가를 칭찬하거나 특별한 감정을 드러내는 일도 드물어 답답하고 속 터질 때가 많았다. 그럼에도 평생을 함께 살아오며 고맙다고 느끼는 점이 하나 있다. 조용히 응원하고 도와줄 일을 스스로 찾아서 한다는 것. 얼마 전 소품을 만들고 엣시에 가게를 오픈한다고 했을 때도 "잘할 거야."라며 담담하게 응원해 주었다. 작업장이 필요하다는 말에 두말없이 오래된 차고를 고치고, 제습기까지 설치해 준 것도 그였다. 요즈음 작업실에 있으면, 남편은 갓 뽑은 커피를 살짝 내려놓고 간다. 그의 뒷모습에도 어느덧 흰머리가 가득하다. 함께 한 곳을 바라본다는 건, 아마 이런 것일지도 모른다. 따뜻한 차 한 잔을 건네고, 말보다 마음으로 다독이며, 서로를 조용히 응원하며 함께 익어 가는 것.

내가 좋아하는 장석주 시인의 '대추 한 알'이라는 시다. "저게 저절로 붉어질 리는 없다. 저 안에 태풍 몇 개. 저 안에 천둥 몇 개. 저 안에 벼락 몇 개. 저게 저 혼자 둥글어질 리는 없다. 저 안에 무서리 내리는 몇 밤. 저 안에 땡볕 두어 달. 저 안에 초승달 몇 낱. 대추야, 너는 세상과 통하였구나."

이 시를 읽을 때마다 삶의 진리를 다시 배운다. 앙증맞은 대추 하나가 붉어지기까지, 얼마나 많은 계절과 바람과 비, 어둠이 그 안에 녹아 있었는지를. 그건 예전의 나도, 지금의 나도 마찬가지였다. 은퇴 후 방향을 잃고 방황했던 시간, 실패로 얼룩진 시도들, 나를 돌아보며 한없이 초라해지던 날들. 그 모든 계절이 모여 이 리스 하나를 완성했다. 나의 꿈이 영그는 길에서 만난 모든 이들, 이름 모를 손길들, 그리고 묵묵한 사랑까지. 그 모든 인연이 감사하다. 그 선순환 속에서, 우리는 서로를 응원하며 어디에선가 연결되어 있을지도 모르겠다. 마치 대추가 세상과 통하듯이.

프롤로그의 그날처럼, 정원의 장미가 황홀하리만큼 아름다운 날. 그 향기를 따라 다시 작업실로 향한다. 리스에 담긴 꿈이 저 먼 캘리포니아까지 닿아, 다시 진한 꽃향기로 돌아온 듯 달콤하다. 오늘도 장미를 말려 예쁜 리스를 만들어야겠다. 눈부시게 빛나는 오월에.

엄마의 정원에서

나는 계절마다, 밤낮으로, 시시각각 다른 매력을 보여
주는 엄마의 정원을 참 좋아한다. 엄마의 정성을 먹고 자란
꽃과 나무들은 하늘, 흙과 어우러져 다채로운 색감으로 감
동을 선사한다. 그곳에는 오랜 시간 묵묵히 쌓아온 삶의 향
기가 가득하다. 때로는 다른 향기와 조화를 이루고, 때로는
새로운 향을 만들어내며 주변을 선하게 물들이는 엄마만의
특별한 향기다.

엄마의 첫 번째 책을 읽으며, 내 삶의 모든 과정이 정원

의 생명을 정성껏 돌보는 '행복한 가드너 씨'의 보살핌 덕분이었음을 새삼 깨달았다. 엄마의 정원에서 시작하여 이제 나만의 정원을 조금씩 가꾸어 가고 있는 내 모습이, 글 속에서 만난 엄마의 모습과 참 많이 닮아서 반갑고도 신기했다. 엄마가 그러했듯, 지금의 나도 인생이라는 질문 앞에 스스로 답을 찾기 위해 고군분투하고 있다. 때로는 방향을 개척하고 수정하며, 새로운 배움과 도전을 설레는 마음으로 즐기면서 말이다. 베테랑 정원사인 엄마를 따라가려면 아직은 서툴고 부족하지만, 엄마에게 배웠기에 길을 알 수 있었고, 충분히 사랑받았기에 누군가를 사랑할 수 있음을 안다.

"나는 어떤 향기를 지닌 채 살아갈 것인가?" 이 질문 끝에 나는 다시 엄마를 떠올린다. 엄마가 지금 나의 길 위에 서 있었더라면, 분명 배움과 도전을 멈추지 않았을 것이다. 그리고 그 온기가 필요한 곳에 아낌없이 마음을 나누고 전달했을 것이다. 나 역시 엄마처럼 그런 삶을 살고 싶다.

인생이라는 정원에서 배움과 도전으로 흙을 일구고, 사

랑으로 꽃을 피워낸 우리 엄마. 『행복한 가드너 씨』 책 출간을 진심으로 축하합니다. 엄마의 그윽한 삶의 향기가 이 책을 읽는 모든 분에게 따스한 위로와 선한 울림으로 닿기를 바랍니다. 앞으로 펼쳐질 행복한 가드너 씨의 하루하루가 더욱 행복하고 찬란하기를 기도드리며.....

그레이스 유(딸)

작가의 노트

지난봄, 가족들이 함께 식사를 하던 자리였습니다. 딸이 제 눈치를 보며 어렵게 말을 꺼냈습니다. 사위와 함께 뉴욕을 떠나 애틀랜타로 이주하기로 했다는 말이었어요. 많은 고민 끝에 내린 결정이라고 했지만, 모두 부러워할 정도로 가까운 모녀 사이였기에 서운함을 말로 다할 수 없었습니다. 밥을 하다가도 울고 글을 쓰면서도 눈물이 흘렀습니다. 마음 한편이 텅 비어 아무 일도 손에 잡히지 않았습니다.

25년 전이 생각났습니다. 제가 한국을 떠나올 때 엄마의 마음도 이러하셨을 것 같았습니다. 그때 엄마가 저를 막지 못하셨듯 저 또한 딸의 앞길을 막을 수 없었습니다. 엄마보다 쿨한 척, 담담한 척했지만, 속마음까지 숨겨지지는 않았습니다. 딸과 사위에게 부담을 덜어 주기 위해서라도 집중할 무언가가 필요했습니다. 그러던 차에 여기저기 써 놓았던 글을 모아 '뉴욕에서의 25년'을 마무리해야겠다는 생각이 들었습니다. 딸 부부는 애틀랜타로 떠나고, 저는 지난 봄부터 가을까지 책 쓰기에 온전히 몰두했습니다.

글을 쓰는 동안 숨어 있던 다양한 모습의 저를 만났습니다. 아내로, 엄마로, 교육 사업가로, 정원사로, 그리고 글을 쓰는 작가로. 그 안에 담긴 모든 이야기가 영화의 한 장면처럼 스쳐 지나갔습니다. 웃음과 눈물 그리고 예기치 못한 장면들로 가득한.

허전함에서 시작한 책 쓰기였지만, 시간이 지나면 지날수록 치유받고 있었습니다. 딸이 이주해 텅 빈 자리에는 잊고 지냈던 내가, 그리웠던 사람들이, 그리고 새로운 꿈들로 채워지기 시작했습니다. 그 사이 기운이 딸려 두 차례나 링

거 주사를 맞았고 망망대해에 혼자 떠 있는 듯한 외로움도 느꼈습니다. 환호 없는 길을 묵묵히 뛰어가는 마라토너처럼요. 그러나 모든 일이 그렇듯 시간이 지나면 언제 그랬냐는 듯 다시 일어서곤 했습니다.

이제 자식처럼 정성을 다한 책이 제 품을 떠나 세상으로 나가려 합니다. 한편으론 두렵고 부끄러운 마음도 듭니다. 책을 쓸 만한 자격이 있는지를 아직도 스스로에게 묻곤 합니다. 그럼에도 이 책이 누군가의 하루에 조용히 닿기를 바라며 작은 손을 내밉니다.

감사의 마음을 전하며

이 책을 쓰는 동안 곁에서 묵묵히 응원해 준 분들께 진심으로 감사드립니다. 제 글에 공감해 주며 계속 쓸 수 있는 힘을 주신 브런치 독자님들. 제가 만든 소품에 따뜻한 격려와 칭찬을 아낌없이 보내 준 인스타 벗님들이 없었다면, 꿈을 향한 한 걸음을 내딛기 어려웠을 것입니다. 처음 글의 세계로 이끌어 주신 '일과삶' 작가님. 『행복한 가드너 씨』라는 멋진 책의 제목을 선물해 주신 저의 멘토이자 스승이신 '밤호수' 작가님에게도 깊이 감사드립니다.

　"엄마는 최고다."라며 늘 용기를 준 두 딸과 사위 그리고 글쓰기에 몰두할 수 있도록 여러모로 배려를 해준 남편의 한결같은 사랑에도 감사합니다. 무엇보다 제 삶의 뿌리이신 구순이 넘은 엄마 강우정 권사님과 하늘나라에서 미소 짓고 계실 아버지께도 깊은 감사와 그리움을 전합니다. 다시 한번 마음 깊이 감사드립니다.

　　　　　　　　2025년 어느 가을날, 뉴욕의 작업실에서

행복한 가드너 씨

행복한 가드너 씨